Hermann Bärthel

Witte Wiehnacht

un annern Tühnkraam

Quickborn-Verlag

Einige der in dieses Buch aufgenommenen Geschichten
sind bereits zuvor in anderem Zusammenhang
und in anderen Büchern des Autors veröffentlicht worden.

Die Schreibweise ist unverändert vom Autor übernommen worden.

ISBN 3-87651-218-2

Umschlagabbildung: Wolfgang Nagl, Hamburg
Gesamtherstellung: Clausen & Bosse GmbH, Leck
Der Umwelt zuliebe
auf chlorfrei gebleichtem Papier gedruckt
Printed in Germany

Inhalt

Witte Wiehnachten

He süüfz ’n poormol deep un dee sick kommodig trüchlehnen.

— So laat ick mi dat gefallen, meen he, dat is so recht ’n Wiehnachtsobend nah mien Mütz … De schöne gröne Dannenboom, all de Lüchten — geiht doch nicks över so’n schummrige Kersenpracht, nich? Nee, is di dat schöön …

Wi keken uns an, mien Fruu un ick, un ick kunn marken, datt se sick dor nu woll bi lütten mit affunnen harr, mit düssen Överraschungsgast an’n Hilligobend, den ick ehr dor in’t Huus sleppt harr —. Klor, ’n Snuut harr se jo trocken, as wi mit eens vör de Dörr stunnen, Klaas un ick, denn kennen dee se em vörher nich, un wenn ick mol ehrlich bün — ick egentlich ok nich. Dat heet — vun fröher, dat jo, as wi noch twee Jungkirls weern; domols sünd wi meist jeden Sünndag op de Swutsch gahn! He weer man so’n richtigen Lähdiekiller — man knapp datt wi op’n Danzböön stunnen, harr he ok al de sötesten Deerns üm sick rüm, un ick leep denn sotoseggen op’n Rand mit. Eendags aber müss he för sien Firma nah München rünner, un wi hebbt uns denn ut de Ogen verlaren. Is mi domols gor nich so opfullen, ick harr jüst denn mien Fruu kennenlehrt, un as dat so is — dor liggt denn allens annere för'n Tiet lang an de Siet.

Man nu harr ick em wedderdrapen, in dat grote Kööphuus, 'neem ick noch gau wat op'n lesten Drücker inhalen wull. He stunn dor vör den groten Dannenboom un keek em mit grote Ogen an as 'n lütten Buttje, so as seeg he den Dannenboom to'n eersten Mol —. Un as ick mi liesen neven em stell un em tobrummel: »Na, wat wünscht sick de lütte Klaas denn vun'n Wiehnachtsmann —?«, dor dreih he langsom den Kopp to mi un wüsper eernsthaftig: »'n grönen Dannenboom, versteihst du, nicks as gröön!« Un denn full he mi um'n Hals, wi hebbt in de Cafeteria 'n Lütten gluckert, un he vertell mi, datt he nu alleen, för sick leev, gor nich wied weg, un datt je hüst op'n Weg nah Huus weer; he wull sick blots noch'n Fardigmenü köpen — hüüt obend Suurbraten, eersten Wiehnachtsdag Putenfleesch mit Roodkohl un tweeten Fierdag 'n Pizza, un datt he nu von sien Fruu weg weer, datt he siet twee Johr op Rente ... Naja, wat 'n eben so vertellt, nah mehr as 'n halv Minschenleven ...

Heff ick also Klaas mitnahmen, denn Hilligobend so alleen — wo wi doch mol so gode Frünnen weern ... He harr twars noch 'n beten rümsabbelt vunwegen wat mien Fruu denn seggen dee, wenn ick Hilligobend dor mit 'n wildfremden Kirl opkrüüz, man ick heff em klormakt, datt uns Göösbraten för Twee veel toveel weer un datt he direkt ’n godes Wark dee, wenn ick nich twee, dree Daag op den Vagel rümkauen müss — ob jeden Fall: Nu seet he bi uns in de gode Stuuv, dat Eten weer recht wat to’n Delekteern west, un dörch den roden Burgunner funkel de Kersen; sogor ’n Geschenk harr mien Fruu för Klaas noch ranzaubert, denn ehr Broder harr för Wiehnachten aftelefoneert, un ’n Slips kunn se nah de Fierdaag jo licht wedderköpen.

— Gröön, gröön, gröön ... sinneer he vör sick hen, de bunten Kugeln ... düsse Farben ... to un to schöön! He süüfz nochmol: Un keen Witt! Keen Witt — nicks, narms, no Sir! Keen Witt, keen Witt ... wüsper he in sienen Boort.

Ick schuul nah mien Fruu röber. Se trock de Schullern hoog un keek jüst so benaut op Klaas as ick. Wat schull dat, sien Gebrabbel vunwegen »Keen Witt, keen Witt ...« — harr he al ’n Lütten sitten?

He kreeg dat woll mit, datt wi em so verbaast anplierten, denn miteens keem he wedder to sick un lach ’n beten in sick rin.

— Is woll tähmlich gediegen, datt ick hier so’n Opstand maak mit de gröne Wiehnachtspracht un mi so högen kann, datt keen Witt, ennelk mol keen Witt — oh Gott, wiss un wohrhaftig keen Snee, keen Ies, keene Sneeflocken, keen witten Winterwald, keen ... Ach wat, ick will driest mol versöken to vertellen, wat dat för mi bedüüdt; anners glöövt ji noch, de olle Klaas hett een an’n Brägen! Wenn ok — ’n Wunner weer dat sachts nich, wenn ick nah all de Johren ... also passt mol op ...

— Domols, wi weern noch jungverheirot, un dat güng op Wiehnachten to, dor harr ick den grandiosen Infall, för Gerda — se heet Gerda, mööt ji weten — för mien Fruu also heff ick to'n Niklaas 'n Schallplatt köfft: White Christmas — weetst woll, sungen von Bingy mit de Slappohren. Un ick kann mi dor noch goot op besinnen, wo se an'n Niklaasmorgen furts de Platt opleggt hett un Bing Crosby to'n eersten Mol uns Leven in de Mangel kreeg ... Dat heet, dor harr ick jo noch keen blassen Schimmer, domols funn ick düssen Smachtfetzen grootartig un heff em vergnögt mitsummt.

Leider füng dat nu aber an düssen Niklaasmorgen as op Kommando an to sneen, wat jo nu würklich 'n Utnahm weer, denn üm düsse Johrestiet geev dat bi uns meist nie nich Snee. Man as Bing Crosby siene Witten Wiehnachten dor in uns Wahnstuuv knödel, dor danzen dicke, plusterige Sneeflocken vör uns Finster, un Gerda kreeg 'n egenartiges Lüchten in de Ogen ...

Nah twee Weken White Christmas mit un ohn Snee vun morgens bit obends is mi de Schallplatt ut Versehen afhannen kamen, wat gor nich so eenfach to begrünnen weer, denn se leeg jo jümmers op den Plattenteller, un Gerda hett sick noch an'n sülvigen Dag twee niege kööft — een as Reserve.

Enerwegens heff ick de Tiet bit Wiehnachten denn woll dörchstahn, un datt denn op uns Dannenboom putzige witte Watteflocken swevten, is mi gor nich wieder opfullen —.

Wott schällz — nah Wiehnachten weer gottlov Sense mit Bingy un de witte Seligkeit, un neegst Johr funn ick dat an'n eersten Advent sogor richtig stimmungsvull, wo uns amerikaanschen Fründ sick wedder un wedder dörch den witten Winterwald jodel.

Leider geev dat dütt Johr keenen Snee. Nichmol Ies oder tominnst 'n beten Wittfrost. So duster as de Johrestiet wurr nu ok Gerda ehrn Gemütstostand. Mit trurige Ogen blarr se White Christmas vör sick hen, un ick seeg al 'n kohlravenswatte Wiehnacht op uns tokamen, as ick twee Daag vör Hilligobend per Tofall in 'ne Drogerie so witten Glitterspray funn. Klammheemlich heff ick denn, as Gerda to'n Inköpen weer, mit 'n Schabloon smucke witte Iesblomen op de Finsterschieven sprayt.

Dat weer jo nu 'n echten Knüller! Mien Fruu weer rein hen un futsch, as se mien witte Kunst to sehn kreeg. Hilligobend kunnen wi denn twars dörch keen Finster mehr kieken, denn Gerda harr mien Wark rasant kumpletteert, man de Fierdaag weern tominnst free vun Sorgen — wenn ok nich vun Bing Crosby. Man an mien Oropax harr ick mi jo bi lütten wennt.

Goot. Nah 'n Johr Riehläcksen dach ick, mit een, twee Dosen Glitterspray, poor Packungen Watte un dree niege Schallplatten ward wi woll öber de Runnen kamen, man as denn pünktlich to'n eersten Advent alle Finster dichtpüstert weern, un Bing Crosby nu sogor in Stereo dörch miene schalldicht toschott auditiven Knorpel dunner, dor sleek mien Fruu mit leddigen Blick dörch de Vörwiehnachtstiet, un ick kunn düütlich marken, datt uns Wiehnachten ehr jümmers noch nich witt noog weer. De Saak mit de Spegels heff ick jo noch hennahmen — se harr all fiev Spegels in uns Wahnung mit witte Engelsköpp, Steernsnuppen un Dannenstrünken vullsprayt, un ick müss mi denn in mien Auto raseern, in'n Rückspegel — man as se de Engelbaffis ok noch op uns niegen düürn Fernseher püstern dee un wi blots noch sakrale witte Biller sehn kunnen, dor is mi denn doch de Kragen platzt. Weer denn keen sünnerlich freedvulle Stimmung bi uns bit Wiehnachten; un as dat ennelk vörbi weer, much ick an de veerte Witte Wiehnacht gor nich denken.

In'n Juni neegst Johr heff ick nah lang Sinneern in't Reisebüro veer Weken — mienen ganzen Johresurlaub plus aftobummelnde Överstunnen — veer Weken Mallorca bookt, vun'n tweeten Dezember bit tweeten Januoor. Denn witte Wiehnachten ünner südliche Sünn — dat kunn woll sülvst Gerda nich ünner eenen Hoot bringen.

Harrst di so dacht. Wi harrn in dat Hotel noch nich mol uns Kuffers utpackt, dor harr se al den Hoteldirektor an de Wand sabbelt, un 'n poor Daag vör Hilligobend stunn in den Speisesaal 'n allmächtigen Dannenboom — wenn ok blots grön, mit teihn buntklörige Kugeln un elektrische Lüchten. As mien Fruu dat Ding seeg, is se meist utflippt un den ganzen Dag rümscheest op Jagd nah Glitterspray — nicks to maken. Se hett denn witten Autolack köfft, un ehr datt de verdatterten Kellner ehr de Doos ut de Hannen rieten kunnen, weer de Dannenboom samts Siedentapeet dor achter un Direktor dorvör fein witt lackeert. Rasant müssen wi denn unse Kuffers packen un weern twee Daag vör Hilligobend wedder tohuus.

Wat in de lesten Johren bi uns in veer Weken afleep, schees nu as in'n Zeitraffer dörch twee Daag. Een Glück, dat mien Fruu Bing Crosby in't Hotel liggen laten un ick de Reserveplatt al vörher klammheemlich vun'n Felsen rünner öber't Meer seilt harr, so as wi Jungs dat fröher mit Beerdekkels makt hebbt; de is di loossuust as 'n Rakeet, meist bit nah Afrika röber, un ick heff nu to'n wenigsten een fründliche Erinnerung an Bing Crosby. Gottsleider weer denn aber düsse Original-Opnahm vun White Christmas in uns Gegend tohuus utverköfft, un Gerda hett blots noch Witte Wiehnacht vun de Fischer-Chöre kregen, wat 'n echte Steigerung weer — bit op dat wunnervulle Klokkenbimmeln to'n Sluss; dor harr de Schallplatt 'n Ratscher, un wenn ick nich op'n Kien weer, denn bimmeln de Klocken stünnenlang dörch uns Wahnung. Soveel is seker: De twee Daag warr ick nie nich wedder vergeten. Un ick kunn noch nich mol in de Firma utbückeln, denn ick harr jo noch Urlaub!

Klaas nickköpp un schenk sick wedder in.

— Neenee, allens wat recht is — ick glööv, so freedvull heff ick mien Leven lang nich vör'n Dannenboom seten —. Jümmers düsse Trabbl mit Gerda ehrn Wiehnachtsfimmel, Johr för Johr dat sülvige Theoter! As se dat eene Johr sogor anfüng, de Navers in't Treppenhuus mit ehre Witte Wiehnachts-Dekoratschoon to beglücken, hebbt de sick bannig opregt, un ick müss op'n Stutz all den witten Schiet ut den Füürlöscher in't Treppenhuus wedder opfeudeln — een Swienkraam weer di dat! Un de witten Dannenboomstrünken, de se to nachtslapen Tiet an jem ehre Dören kleevt harr, hebbt se uns vör'n Ingang smeten. Twee Johr later sünd wi dor denn uttrocken. Un de Spinner in't Parterre hett mit vull Pauer »White Christmas« dudelt un lacht as 'n Beknackten, as wi to'n lesten Mol bi em vörbikeemen. Un dat in'n August!

— Na, un denn? frög ick, hör de Arger dormit nu op —?

— Ophören —? keem Klaas in sienen Sessel hoog. Ophören?? Ach wat — dor füng dat Drama doch eerst richtig an!

— O Gott! stöhn mien Fruu, dat mutt jo gräsig west sien …

— Jo, magst woll seggen, see Klaas grantig. He nehm 'n düchtigen Sluck un wisch sick öber't Muul, as wull he all de Schererее ut sien Leven wegwischen un vertell wieder …

— Wi harrn nämlich 'n Bausporverdrag, un de wurr nu fällig; buten vör de Stadt hebbt wi uns 'n fein lüttes Huus köfft. Weer meist ’n Idylle, mit ’n wunnerschönen Gaarn, Garaasch un Geranien. Twintig, dörtig Hüüs stunnen dor op eenen Plakken, smucke Siedlung, verstaht ji? Un de Navers — richtig nett. Hebbt mit jem ’n Grillfest fiert in’n September, in’n Oktober Loof harkt, un denn keem wedder Wiehnachten. Un Bing Crosby …

Also dat mit White Christmas hebbt de jo gor nich so fix mitkregen, denn de Hüüs stunnen teihn, foffteihn Meter utnanner. Blots bi uns vullsmeerte Finsters, dor hebbt se verbaast ut de Wäsch keken. Överhaupt full mien Fruu ehr Spleen de tokamen Johren nich groot op, denn ’n poor Wiehnachten lang geev dat egenartig veel Snee, un Gerda wannel denn jümmers fidel mit ehr White Christmas in’t Ohr un op de Lippen dörch de Wiehnachtstiet.

Bit op dat eene Johr, as wi in’n Dezember noch twölf Grad över Null harrn. An Snee weer gor nich to denken, buten weer dat dat reine Fröhjohr. Dat weer ok dat Johr, wo Gerda ehr Tant ut Köln dootbleven weer, un mien Fruu kreeg denn ’n lüttes Arvdeel — nich veel, de poordusend Mark, man wi harrn de jo fein för de Hypothek vun uns Huus — ick harr mi dat tominnst so vörstellt.

He drünk sien Glas leddig, un ick füll em wedder op. Schkoll! see he. Halleluja un Prostata! Hehehehe! Wat nu kümmt glöövt mi keen Minsch! Stell di vör, wat dor een Week vör Wiehnachten passeer …

— Ick wull morgens jüst ut’n Huus, buten dee

dat regen, dor holl mitmaal'n Laster vör uns Döör; de Fohrer fragt nah mien Fruu, un 'n halv Stunn later steiht in uns Vörgaarn 'n kumplette Füürlöschanlaag! »Wasserwerfer und Zumischer« stunn op den Leverzeddel — fehl blots noch 'n roden Füürwehrwagen, denn harrn wi uns egen Füürwehr opmaken kunnt! Un dat allens för mehr as achtdusend Mark!! Dor hett doch düsse verdreihte Olsch ehre arvten Piepen mol eben so för'n Füürlöschkanoon utgeven!

Logo — ick heff denn jo glieks op mien Arbeit anropen, also datt ick mi 'n Foot verknackst harr u 'n Dag to Bett liggen müss un so wieder, un denn aber as 'n Berserker hen nah de Speditschoonsfirma, datt se de Höllenmaschien op 'n Stutz wedder afhalen schullen, man sowiet bün ick gor nich kamen: vör uns Huusdöör bün ick op 'n Stück natte Verpackung vun den Krempel utglitscht un heff mi dat linke Been broken. Naja, Nootarzt, Krankenhuus, un de in mien Firma hebbt sick böös wunnert, datt ick den Ünnerscheed nich kenn twüschen Footverknacksen un Beenbreken.

Man dat blots so blangenbi. Veel wichtiger is, datt mien leeve Fruu 'n Dreih funnen harr, dat Schietding vun Löschkanoon ok noch in Gang to setten! As de Dokter noch an mien Been rümsnippel, dachten tohuus uns Navers, de Jüngste Dag is kamen! Bi Fröhjohrstemperaturen geev dat 'n Sneestorm as op'n Himalaja. Dree Hüüs samts Gaarn hett se rasant mit den witten Backskraam insuddelt! Ick bün dor jo nich bi west, man de Trabbl mit Polizei, Behörden un Navers mutt tähmlich hektisch west sien, denn Gerda hett sick bit Neejohr nich wedder vör de Döör truut — nichmol to Wiehnachten hett se mi besöcht in't Krankenhuus!

För'n Ogenblick müss Klaas sick nu verpusten, denn he harr sick so in Raasch sabbelt, datt he ok noch mien Glas op eenen Tuch leddig slöök.

Tschulligung! see he, man sowat, dat packt 'n nich so eenfach weg, dat — Mann, heff ick di 'n Dost ... ick dröff woll nochmal —? De veerte Buddel weer an de Reeg, un de Klock güng op een. Mien Fruu wull al mol dat Finster opmaken, denn lüften deit se jümmers vör't Slapengahn, man Klaas schuul nu ok op sien Klock un wunnerwark, datt dat al so laat weer.

Junge, wat löppt de Tiet! schüttköpp he. Ick sitt hier un sabbel un sabbel un mark gor nich, datt ji ... He wull opstahn.

Wi sünd nich mööd! wink ick af, denn dat intresseer mi jo nu doch, wo he oplest ut düssen Schlamassel rutkamen weer. Wat weer denn nu dat Enn vun de Geschicht? frög ick em.

— Dat Enn? süüfz he. Dat weer keen Enn mit Schrecken — dat weer 'n Schrecken sünner Enn! Dat mit de Schuumkanoon heff ick jo noch henkregen, indem dat ick ehr för 'n Ei un Botterbroot an uns freewillige Füürwehr losworrn bün, man Gerda ehrn Fimmel ... Mann, oh Mann ...

He lang nah mien Fruu ehr Glas. Dat is nu aber

de Leste … aah … He sett af un plier uns plietsch an.

— Weet ji öberhaupt, wat ’n »White Christmas-Menü« is —? (He schüddel sick) Dat is witte Melksupp vörweg, denn Schellfisch mit Ries un Blomenkohl un as Dessert ’n witten Baiser mit Milkschähk un Kokosraspel!

Hier is mien Fruu fix opstahn un rutgahn, wenn ok nich to Bett.

— Seker, düssen Gammel heff ick nich mitfreten, man alleen, sick sowat mit antokieken … ut neegste Neegte … Witte Dischdeek, dat ganze Huus bi lütten witt tapzeert, witte Möbel, Gerda ehre Klamotten — allens witt, blots bi uns Auto kunn ick mi dörchsetten, dat weer root, un se is denn mehrstiets op ehr wittes Fohrrad dörch de Gegend — naja, laat wi dat, is jo nu vörbi …

Vörbi? frög ick em. Wo keem dat denn —? Klaas rappel sick hoog.

— Tofall. Op de Wiehnachtsfier vun mien Firma harr ick in de Tombola ’n kotte Winterreis wunnen, nah Österreich, in so’n Sneeparadies, un in’n Februor is mien Fruu denn alleen dor henfohrt — wenn ick Snee seh, krigg ick Tostänn —. Süh, un dor hett se woll ehrn Sneeprinzen kennenlehrt; de hett ’n Hotel in de Bargen un is op ehre beschüürte White Christmas-Idee flagen as nicks, denn för em is sowat woll bar Geld … Bit se em mol ehr spezjelles »White Christmas«-Menü vörsett! Hahaha! Man dat is nu nich mehr mien Beer … un dat hier nich mehr mien Wien, hehe …

Wi sünd in Freden utnannergahn. Se in ehr wittes Paradies, ick wedder in'n normales Leven —. Blots — egenartig is dat: Ok wenn ick hüüt glücklich un tofreen gröne Wiehnachten fiern kann — enerwegens heff ick doch alltiets Bammel, se kunn wedder opkrüzen, un de Witte Wiehnacht-Rummel geiht vun vörn los. Man hüüt is jo woll keen Gefohr ...

He weer opstahn, harr sick sienen Paletot langt un keek in de Hillige Nacht, ut de dat liesen drüppeln dee.

— Dank vun Harten för dat wunnerbore Wiehnachten!

He schüddel uns de Hannen — mien Fruu weer ok wedder dortokamen, wenn ok noch 'n beten witt üm de Nees — un denn driedel he langsom de Straat rünner.

Gröne Wiehnacht! lach he trüch. Ennelk wedder Gröne Wiehnacht! Un as he ünner 'n Stratenlanteern stahnbleev, danzen op em daal un üm em rüm hunnertdusend witte, plusterige Sneeflocken ...

Early morning — Wiehnachtsmann

Hüüt morgen heff ick den Wiehnachtsmann drapen. Klor, beten fröh keem mi dat jo vör, man wenn de Kommerz uns al 'n Veddeljohr vörher de frohe Botschaft verkünnigt, denn mutt de Wiehnachtsmann woll ok bitieden in de Fööt kamen.

He laber jüst in sien Handy un harr wiss keen gode Verbinnung. Oder sien Akku weer leddig. Op jeden Fall weer he in Trabbl un richtig dankbor, as ick em mien Telefonkoort för 'ne Telefonzell geev. Leider weer op mien Koort aber blots noch een Snacktakt, so datt he man knapp noch »Hallelu...« seggen kunn, un denn weer Sense.

»Wat sünd dat för Tieden!« schimp he. »Egolweg piept dat blots, wenn ick in'n Heven anroop! De leeve Gott hett mi woll ut Versehen sien Faxnummer geven! Un denn tüdelt ok noch mien Computer — wenn ick dor wat ünner »Weihnachtsfrieden« nahkieken will, mellt sich 'n Window mit »Passwort unbekannt«. De eenzigen, de mit düsse Pieps-Otto klarkaamt, sünd de Kids, wo de Büxenschieters hüüt heet; ick heff al Wunschzeddel kregen, dor denkst du, dat sünd Arbeitsproven vun'n Grafik-Designer. Un wat de denn för Wünsche hebbt ... Lest Johr wull 'n lütten Buttje ’n niege Muus hebben, un as ick em Hilligobend ’n söte Krabbelmuus mit Käfig — mit Käfig! — broch, dor drauh mi sien Mudder mit ’n Kammerjäger un he hett mi sien’n ollen Computer-Klicker an’n Baffi knallt! Nee, laat man … Annerlest hett mi düsse Arabella to ’ne Talkshow inlaadt — Thema: Haben Sie schon mal mit einem Weihnachtsmann …? Wo ick doch al ’n poorhunnert Johr old bün! Nee, mi langt dat nu!«

Un dormit smeet he sien Handy in de Alster un sien Laptop op’n Müll. Sienen Dress hett he to’n Kostümverleih brocht un mi ’n Tass Tee an’t Bett un seeg miteens akraat so ut as Ida, de mi jüst opweckt harr.

»Kucks mich ja an, als wär ich der Weihnachtsmann!« see se un wüss gor nich, wo recht se dormit harr —.

Arm dran

So, nu mol ’n Ogenblick »Holl stop!« mit de vörwiehnachtliche Seligkeit!

Dor is nämlich een Saak, de mi an Harten liggt un wo wi in düsse Tiet allto licht an vörbiloopt: Süh mol — freist di doch nu jeden Dag över all den Glitter un Glanz in uns Straten un de Schaufinsters, nich, un kannst allerwegens düütlich marken, wat de Lüüd sick Möh geevt mit ehre prachtvullen Dekoratschonen, üm datt du ok man jo in de rechte Wiehnachtsstimmung kümmst! Klockenschusters — also Juweliere, Snüffelhexers — also Parfümerien, Fummelklitschen — also Boutiquen un de veelen opregenden Präsentshops — wo achteran denn keen Swien weet, wat ’n mit den düürn Tüdelkraam anfangen schall — all wüllt se di häppieh maken un geevt veel Geld ut för ehre profeschonelle Seligkeitsverkünnigung.

Goot. Aber — hest du ok blots eenmol an de dacht, de arig wat Trabbl hebbt, wenn se ehre Produkte op Wiehnachten trimmen wüllt? Sühstwoll!

Seker — de Pansenmacker mit sien Hunnen- un Kattenfoder, de hett plietsch ’n Wiehnachtsmann-Baffi in siene Utlaag bummelt, un de glöht nu as ’n illumineerten Furunkel över Schötteln mit Blädermagen un afbröhte Gurgeln. Un sühst denn richtig, wo Bello fidel nah all de leckern Knaken in'n Dannenboom snappt. Un sogar de Buletten-palast strahlt in'n Lichterglanz un offereert di bimmelimmelim Präsenttickets för 'n Hack- und Frittenmassacker.

Man all de annern — wat is mit de?

Sottje, Landhannel, Post, Klempern, Düngemittel, Pinkelboden, Tähnknieper, Afkaat un, un, un ...

Sünd snippsch utslaten ut uns fröhliche Jubeltour. Doot mit denn so echt leed, de armen Düvels.

Un heff tominnst ick nu güstern 'n Pott vull Dünger bestellt för unsen Dannenboom in'n Gaarn, mien Sottje sien Reken ut'n Fröhjohr betohlt un mi bi'n Tähnknieper miene geelen Hauers polieren laten, üm datt ick beter frohlocken kann. Heff Wiehnachtskorten to Post brocht — man de harrn se leider dichtmakt; de Klempner hett uns Dröppelhahn afwürgt, un in de Pinkelbood heff ick op all den dösigen Geschenkrummel scheten.

Un nu bruk ick seker ok noch 'n Afkaten, wenn mi de Hannel wegen Geschäftsschädigung verklagt.

Philosophischen Gugelhupf

Ick weet ok nich, wo dat an liggt, man Anna kümmt dütt Johr eenfach nich innegang mit ehre Wiehnachtskoken! Un as ick Ida fröög, wat se denn nich mol ’n beten Wiehnachtsbackeree un so, vunwegen den »heimeligen Duft« in’t Huus, meen se denn blots snippsch, datt annere Pengschonäre sick nich to schaad weern, ok mol sülvst mit antopacken, statts dösig rümtolabern vun »heimeligen Duft«.

Anners reageer ick op so’n Tühnkraam jo gor nich eerst, man hier müss woll mol dringend ’n Exempel statueert warrn, un ick heff mi furts still an’t Wark makt, so mit gütigen Philosophenblick, un heff den Mixer ruthalt. Leider weer de tweete Quirl weg. De is al lang in Dutt, see Ida, dat geiht ok mit eenen! Wiel datt mien gütigen Blick nu wat Rabiates kreeg, hett se gau ’n Mixer vun de Naversch pumpt, un ick heff dat Backmaterial afmeten. Also du kannst di nich vörstellen, in wat för Schiettüten de hüüt Mehl verköpt! Un wenn ick nich furts Ida ropen harr, weer dat witte Tüüch wiss in’t ganze Huus rutpett worrn —. Denn heff ick Botter, Zucker un Eier praatleggt — dat heet, de Eier legen so dösig in’t Köhlschapp, datt se glieks rutkullert sünd, un Ida hett mi bi't Feudeln sowat vun giftig anpliert, datt ick echt hippelig wurr bi't Schapputrümen, man dat Zitronenaroma heff ick liekers nich funnen un müss denn extra 'n Zitronenschaal rieven. Dat Rievblech leeg denn wedder in'n anneres Schapp — op jeden Fall weer in de Köök nu allens vull, un ick heff miene segensvulle Wiehnachtstätigkeit denn nah nevenan verlagert ... Dor is mi leider de Tüüt Vanillezucker op'n Teppich krümelt, man mit ehrn Staubsauger weer Ida dor jo fix wedder vun af. Weer richtig Pech, datt ick denn an't Telefon müss un achteran dringend to mien'n Fründ.

Ida hett den lütten Rest vun de Backeree denn sülvst fardig makt, un dat is denn ok prompt 'n heel annern Koken worrn as ick plant harr. Ick heff aber nicks seggt, sünnern blots gütig nickköppt.

Denn ok 'n Philosoph kann sick wiss nich jümmers utsöken, wat he to freten kriggt.

Engelspläseer

Dat will ick di seggen: Dor bün ick jo nu heel froh, datt wi dor nu mit dörch sünd! Ick meen, is jo schön, de Wiehnachtstiet, man de Arger mit de Engels — dat hollst nich ut! Naja ... egentlich nich mit de Engels direkt ... also mehr mit Ida, wiel datt se sick jümmers so opregt, wenn ick in mien gnadenlose Kreativität all neeslang de lütten Mackers — pass op: Ick vertell di mol gau, wat dat mit düssen Engeltrabbl bi uns op sick hett, un du versteihst denn veel beter, woso ick nu so häppieh bün — also de Saak is nämlich de ... Wi hebbt bi uns tohuus ut dat Erzgebirge sössteihn lütte holten Engel — nee, Momang: Söbenteihn! Den mit de güllen Harp heff ick dütt Johr noch dortoköfft — also söbenteihn Engel, de fidel een flottmakt; mit Vigelien, Quetschkommod, Trumpeet, Trummel, Fleit, Klaveer un Orgel sünd se düchtig innegang un staht un sitt op so'n runne Trepp, de utsüht as 'n Wulk.

Kiek, un elkeen Johr vör Wiehnachten stellt Ida de Hevenmuskanten op uns Kanapeedisch op, dat hört eenfach mit dorto, to de Wiehnachtstiet, un süht jo ok nüdlich ut, nich?

Blots ... wenn ick denn noch laat obends in de

Stuuv sitt — Ida slöppt al lang — in Televischn gifft dat düsse beknackten Pornos för Brägenklöterige, denn fangt mien Genius jo an to warken, denn op so'n Schietprogramm heff ick keen Gusto, un so heff ick denn mien Spoß an de bunten Flattermackers …

Mol leet ick jem een nah den annern vun'n Footbodden op den Disch marscheern — de jüst dat Dischbeen hoogklattern deen, heff ick extra mit Tesa fastkleevt; meist twee Meter weer de Kolonn lang!

Denn heff ick op dat Klaveer 'n leddige Minibuddel Whisky leggt, un üm de Buddel rüm weer dat dat reine Bacchanal! De Hemdhoppers legen op'n Rücken ünner dat Piano, lehnten an de Trepp, een stunn op'n Kopp, un so'n lütten Jodelrastelli seet mit sien naakten Mors op'n Kaktus; ick much nich weten, wat de bölkt haar, wenn he kunn —. Un eenmol heff ick ut de Appelschöttel 'n Swimmingpool makt, un de Engels hebbt dor fidel in spaddelt. Blots de mit de Quetschkommod is meist afsopen — sien Schwerpunkt weer wat ungünstig.

Jo, un wenn Ida denn morgens in de Stuuv keem — een Opstand geev di dat! Datt ick 'n afartigen Spinner weer un datt ick miene maladigen Infäll lever bi »Hör mal 'n beten to« abers nich bi ehre Engel … Kannst dat nu verstahn, datt ick as empfindsomen Minschen bannig froh bün, wenn de lackeerten Flünkenjungs wedder 'n Johr lang in't Schapp op'n Böön insluten sünd, un is denn ennelk Freden op Eern — sogar bi uns tohuus …

De wunnerbore Wiehnachtsseligkeit …

Nu sünd se jo all wedder düchtig innegang mit de Wiehnachtsmärken in de Theoters. Ick müss as lütten Jung ok mol in 't Wiehnachtshäppening, dat hört dor jo woll mit to, to de Kinnertiet un is denn so ähnlich as mit de Kinnerkrankheiten — wat di nich ümbringt, makt di stark. Nu weer ick jo — tominnst domols — 'n freedfardigen Minschen un heff mi nicks anmarken laten, ick wull de groten Lüüd nich ehre Freid vermasseln. Blots to'n Sluss — wenn ick mi recht besinnen do, hannel dat Stück vun een oder twee Gören, de bannig gediegene Beleevnisse in so 'n Art Zauberwald harrn — also to 'n Sluss as de twee ehr Happy-End tofaten harrn, dor stebel miteens 'n Wiehnachtsmann op de Bühn, 'n Dannenboom füng kold un elektrisch an to glimmern, un de rootbakkigen Görenpoppen füngen wild an to plärren mit ehr »Oh Tannebaum«.

Dat kunn ick nich verstahn. In dat ganze Drama weer dor nich eenmal vun snackt worrn, datt nu bald Wiehnachten weer, de Handlung harr afsluut nicks dormit to doon. Blots to 'n Sluss düsse opproppte Wiehnachtsmann.

Un ick heff mi seggen laten, dat is ok hüüt noch

nich anners. Egolweg ward to ’n Sluss jubileert, mit Bimmelimglöckchen, Plustersnee un Häppieness. Denn Wiehnachten is nu mol Plichtprogramm in’n Dezember, dat hölp jo nu allens nicks!

Un jo nich blots bi de Kinner! Nee, ok bi de groten Lüüd — kannst di gor nich vörstellen, wat dat vör Wiehnachten för ’n barg Festivitäten gifft, op de de Wiehnachtsseligkeit reinweg mit Lepels freten ward, mit Knödelbaß un »Oh du fröhliche« — womöglich mit Chefanspraak dortwüschen — nee, dat ’s nich mien Fall. Mi dücht, Wiehnachten is keen Supp, ut de du nah dien egen Gusto soveel Plöör maken kannst as du wullt; dor brukst di nich to wunnern, wenn dor eendags nicks mehr vun nahbleven is as warm Water —.

Düsse Art Wiehnachtsfiern kaamt mi vör as Generalproven för dat grote Spektokel »Wiehnachten«, un veele Lüüd könnt gor nich noog proven, üm datt se denn Hilligobend ehre Rull ok fein in ’n Kopp hebbt. Man in ’n Kopp hett de Rull jo nicks to söken, de hört in ’t Hart rin, anners gifft dat Wiehnachten ’n bösen Rinfall.

Dor fallt mi noch wat in — ward doch seggt, Kinner speelt jümmers dat, wat se bi de Erwachsenen sehn un lehrt hebbt: Koopmann, Heiroten, Dokter, Cowboy, Besök maken, Gören vermöbeln — man hest du al mol mitkregen, datt se »Wiehnachten« speelt? Ick nich.

Is doch egenartig, nich? Wiehnachten speelt se blots eenmol, un dat is an ’n Wiehnachten — un se speelt dat denn ok nich, se leevt dat. Dor kümmt dat woll ok vun, datt mennigeen meent, Wiehnachten makt eerst mit Kinner Spoß, is eerst denn 'n richtiges Fest.

Tjä, un wenn ick 'n Wunschzettel an Wiehnachtsmann schicken dröff, denn wünsch ick mi 'n lütt beten vun dat Naturtalent …

Man de Adress vun 'n Wiehnachtsmann, de will mi partout nich mehr infallen …

Sensibilitätskrise

Also för den Fall, datt di jüst de Vörwiehnachtsseligkeit tofaten hett, denn lees beter nich wieder, nich? Denn ick bün sowat vun down un fardig, datt dat för di wiss keen Pläseer is, dat mittokriegen. Kenn ick jümmers anners gor nich, sowat … all de Johren weer ick so'n fidelen Wiehnachtsmann — nee, Wiehnachtsmann nu nich … ick weer mehr Wiehnachtskonsument … Wiehnachtsfiermann … oder so … op jeden Fall heff ick jümmers veel Pläseer hatt an Wiehnachten un ok an de Adventstiet, dat kannst mi glöven.

Tjä, un düttmol is allens anners. Dat hangt mit miene wassende Sensibilität tosamen. De heff ick siet miene leste Diät, wo ick jo kolossal in mi gahn bün, denn wenn du keen Leckerwark mampfen un keen Kööm slabbern dröffst, denn finnst miteens so wat vun innere Werte in di, dat hollst nich ut! Jo, un öber de bün ick akraat vör 'n poor Daag stulpert, as ick Wiehnachtsgröten schrieven wull. Dor funn ick dat opmol nich mehr goot, düsse vördruckte Glitterleev, un wull lever twintig Breven schrieben. De eerste hett twee Stünnen duurt, un ick kunn mi utreken, datt de Rest seker eerst Oostern fardig weer — ick heff mi denn vörnahmen, dat »persönliche Gespräch von Mensch zu Mensch« to söken. Heff ick ok stantepeh versöcht, man de eersten dree Lüüd op miene List harrn ehrn Anrufbeantworter inschalt, un ick heff dat denn nahlaten, mit de »zwischenmenschlichen Bande«.

Denn wull ick de smackigen Wiehnachtskekse köpen, de wi elkeen Johr harrn, un dor is mi mien Diät wedder infullen. Ick heff teihn Kekse för Ida köfft, denn mehr dröff ick Wiehnachten nich eten.

Adventskranz wull ick ok as jümmers op loos, man wat de hüüt as Adventskranz verkööpt, dat süht us as 'n LSD-Trip dörch 'n Dannenwald — de dorbi noch an gröne Dannen un Wiehnachten denken kann, mutt een anne Birne hebben. Heff ick also nahlaten.

Denn wull ick Präsente inköpen. As mien Familie dat mitkreeg, datt ick eenfach so, ohn jem to fragen, echt op de Överraschungstour — dor hebbt se mi in 'n tämlich lange Kunversatschoon verwickelt, wo dat üm düssen gräsigen Konsumterror güng, un datt ick dor nich op rinfallen schull, datt de Hauptsaak an Wiehnachten de Hartensfreid weer un dat Lüchten in de Ogen vun de Kinner — ok wenn se nu al twintig, dörtig Johr old sünd, un datt bi de verkehrten Överraschungen de Ogen eben nich so lüchten deen as se mi dat geern wiesen wullen, un ick kunn ok eenfach 'n Scheck utschrieben.

Jo, un Dannenboom schull ick man vergeten

dütt Johr. Höögstens een ut Plastik, to 'n Tosamenknicken, för de neegsten föfftig Johr. Un dat ut densülvigen Grund, ut den ick ok keen wittes Poppeer mehr köpen dröff, is vunwegen de Ümwelt.

Blots Nööt schull ick köpen, ut de Drütte Welt, poor Zentner.

Du, so sensibel bün ick noch nie nich west vör Wiehnachten.

An Hilligobend mag ick gor nich denken. Un wat is, wenn ick dree Daag vör Wiehnachten 'n Rückfall krigg?

Den Stress holl ick doch nich ut!

Nee, Lüüd — ick warr mi beter sotoseggen prophylaktisch op richtige Wiehnachten prepareern, mit Dannenboom un allens, un denn kann mi nicks mehr passeern: Bliev ick sensibel, denn schaam ick mi 'n Stunn ... oder 'n halve ... bi Sluck un Marzipan; warr ick wedder normal, denn dreeg ick dat as 'n Mann.

Een mutt eben weten, wat 'n will — ok vör Wiehnachten.

Hiltenobend

De veeruntwintigste Dezember negenteihnhunnertsöbenunveertig weer keen schönen Hilligobend. Ick weer foffteihn, mien Vadder Snieder un mien Mudder afsluut down, denn dat weer R-Mark-Tiet, mit allens, wat dortogehör: kolle Stuuv, keen Dannenboom, nicks to eten, un Präsente — vunwegen! De Fett-Unkel weer nich kamen. De Taback-Olsch ok nich. Obschoons se sick beid 'n smucken Wulldekenmantel bi mien'n Vadder harrn sniedern laten — op »Kompensatschoon«, versteiht sick; twintig Pund Flomen un twee Göös de eene, de annere för annerthalv Pund Krüllsnitt plus fiev Tafeln Cadbury-Schoklood ...

Un nu weer dat al halvig twölf, un wi seten dor rüm, duster un gnadderig. Un denn, denn bimmel ennelk de Döörklock! Man buten stunn blots mien Grootmudder, de mien Vadder Flomen för Smoltkoken toseggt harr. Nu weern wi to veert fünsch. Buten wurr dat al schummerig, in uns Harten tappenduster.

Man Klock dree, gottloov, bimmelimmelim! De Taback-Olsch! Se kreeg ehrn Paletot un wi de Naturalien. Un teihn Minuten later keem sogor noch de Fett-Unkel!!

Du kannst di nich vörstelln, wat wi denn in dree Stunnen mit alle Mann hoog as in'n Zeitraffer dörch de Gegend scheest sünd: Föffteihnmol 'n Pund Flomen, teihnmol föfftig Gramm Toback un tweemol 'n halven Göösbraten hebbt wi nullkommanicks vertschinscht!

Klock söben lücht 'n lütten Dannenboom in uns warme Stuuv, dat geev fein wat to spachteln — datt de Goos nah Lebbertran smeck, weer 'n beten »gewöhnungsbedürftig« — un jedeneen kreeg sogor 'n fein Geschenk, ok wenn op'n Swatten Markt keen grote Utwahl mehr weer: Mien Mudder 'n Vagelbuur, man keen Piepmatz; mien Vadder 'n Stemmiesen — un dat bi siene twee linken Hannen, un ick 'n eleganten Rasierapparot sünner Klingen, wat sick goot dreep, denn mi dee noch keen Boort wassen.

Is dat 'n Wunner, datt ick mi sietdem öber allens frei, wat ick to Wiehnachten krigg?

Achtung-fardig-frohlocken!

Also wenn du nu mol ’n Ogenblick Tiet hest, denn much ick di geern inladen, mol ’n beten mit mi to frohlocken. Denn dat is jo nu würklich de schöönste Tiet in’t Johr, mit all de Överraschungen, de grote un de lütte Freid, de di allerwegens, vun alle Sieden — also fallst du vun een Glück in dat annere. Ick meen, de mehrsten Lüüd ward dat jo nu eerst so recht wies, man wenn du mit open Ogen un Hart dörch unse Welt löppst … naja, egentlich mehr fohrst, nich, denn markst du, deep in dien Binnerstes, datt düsse lüchtenden Daag vull Geheemnissen un minschliche … äh … mol seggen, datt du denn echt mitkriggst, wo all de annern för di dor sünd, wo se sick üm di sorgt un wo jem nicks toveel is för dien Glück — süh, un dat is nich blots ’n poor Weken vör Wiehnachten so, nee, dat fangt al in’n Oktober an! Tjäwoll!

In’n güllen Oktober, du hest noch gor nicks in’n Sinn mit Leev, Präsente un Freid vun Harten, sittst blots duster in dien Auto, jeden Dag de sülvige Tour, dor — dor: Dor warrst du miteens ut dien’n Alldagsdroom reten, de Heven lücht, ’ne Ampel ok, un de eersten Autofohrers fangt häppieh an to frohlocken — ennelk is dat sowiet: De eerste Baustelle!!! Hunnert Meter wieder de tweete. Denn ’n Ümleitung. Un Eenbohnstraat. Un niege Ampeln un Stops ohne Ampeln aber mit Fahnenswenker; un ohne Fahnenswenker un Ampel, man mit rootwitte Kegels, un Höcker un Kuhlen un Staus un allens, wat ’n Autofohrer glücklich makt! Harvst! Dat Johr geiht toenn, un Johnny Walker kümmt, mit Hacken un Schüffeln, jümmers dor, ’neem du henwullt!

Denn se denkt an di, de staatlichen Glücksboten in ehre orangschenen Overalls, de himmlischen Heerscharen vun Buddelprofis un Plasterkräcks. Un du in dien’n Unverstand, du hollst dat womöglich för Schikane oder dösige Infäll vun verkehrsplanerische Sesselpupsers — ganz verkehrt! Afsluuten Tühnkram!!

Nich schimpen — Tähn blecken un frohlocken! Frohlocken!!!

Angtreeh

Ick glööv, wi kennt all dat lütte spoßige Bild: Düsse Armee vun Wiehnachtsmänner, un vör jem, op de Flucht as Richard Kimble, Maria un Joseph. Un wi lacht, schüttköppt un seggt: Jo, so ist dat hüüt aber ok!

Blots... meist glööv ick — glööv ick, weten do ick dat nich — glööv ick also, dat sünd gor keene Wiehnachtsmänner. Nee, dat sünd Minschen, dat sünd wi all, de sick dor as Wiehnachtsmann utstaffeert hebbt.

Un worüm düsse Maskerood?

Heel eenfach: Wiel datt wi glöövt, op so'ne Art 'n beten neeger an de Hillige Familie rankamen to könen. Mit Boort un Zippelmütz sünd wi nich mehr wi sülvst, sünd wi nich mehr lütte, swacke Minschen — de Pappnees un de Büdel vull Präsente is sotoseggen dat Angtreeh to de Wiehnachtsseligkeit.

Un egentlich treckt wi uns ok hüüt gor keen Wiehnachtsmann-Dress mehr an, nee, wi makt dat anners. Wi kööpt dusenduneen leve Gaven für dusenduneen leve Lüüd. Un dusenduneen Mol töövt wi, datt de leven Lüüd seggt oder denkt: Wat büst du blots för 'n feinen Kirl!

Un — wat noch wichtiger is — datt de leve Gott tohört un sick dat markt. Un de Döör to de Seligkeit 'n lüürlütt beten för uns opmakt, üm datt wi nich buten stahn mööt.

Oder wi fohrt Wiehnachten nah Tirol, nah Spanien, nah Acapulco — kümmt gor nich op an, wat dat köst: Hauptsaak, wi finndt dor dat, wo wi tohuus uns Leeven lang ümsünst nah söcht hebbt: düsse gediegene Wiehnachtsseligkeit.

Man mit Maria un Joseph, mit Jesus un Gott, mit dat, wat wi Seligkeit, Leev oder Freden nöömt, is dat woll so, datt wi dat afsluut nich betohlen köönt; nich mit Pappnees un witten Boort, nich mit Präsente un Dschett-setten; de Währung, de dor wat to döcht, de is nich »frei konvertierbar«, mit de kannst du arm un riek toglieks sien, un op de ward di ok nicks op rutgeven, wenn dat an't Afreken geiht.

Wenn du de Währung mol in dien Harten funnen hest, denn sünd Maria un Joseph ok nich mehr op de Flucht vör di.

Denn is de Döör för di wiet open.

Es begab sich aber …

Ick weet dat noch, as weer dat güstern west: Hilligobend, veer Minuten nah söss — dor kann ick mi sünnerlich goot op besinnen, denn uns Wandklock hangt neven dat Finster, wat jo to'n Gaarn rutgeiht, un ick keek sotoseggen automatisch op de Klock, as buten miteens düsse Blitz vun'n Heven suus, wo wi jo eerst dachen, dor is een mit 'n Blitzlicht an't Finster, de uns fotografeern will bi de Bescherung, un ick segg noch to Alma, dat geiht aber nu to wied, nich mol an'n Hilligobend laat se di in Roh! Alma is nämlich bi uns in'n Ortsausschuß, muttst du weten, un dor jo all neeslang mit de Presse innegang … Na, egol — op jeden Fall is dat sowat vun hell west in uns Stuuv un vör allen buten, dor in de Richtung nah Willem sien'n Hoff, also kannst di eenfach nich vörstellen!

Wi denn jo nicks as rut vör de Döör, man dor weer dat al wedder tappenduster un bannig kold ok noch, so datt wi gau wedder rin in de warme Stuuv; kannst den Dannenboom jo ok nich so lang alleen laten, mit all de brennen Kersen — wi hebbt jo noch echte Immenwasskersen an unsen Dannenboom, nicks vunwegen düsse modernen künstlichen Flackerlüchten, neenee, dor sünd wi egen in. Denn ick meen, Wiehnachten, dat is keen Saak, wo du partout wiesen muttst, wo modern du in dien … also datt du, mol seggen, jümmers op de Höögte büst vun … vun … also vun den »Zeitgeist«, heet dat jo woll — nee, för uns bedüüdt so'n christliches Fest noch wat, un is nicks mit Konsumrausch un Glitterpracht, denn de inneren Werte … also hollt wi fast an … fast. Jo. Un wi hebbt denn ok fein andachtsvull vör uns Dannenboom seten un all de schönen ollen Leeder sungen mit uns Dochter un ehrn Mann un den Lütten — hehe, he süng jümmers »Dille Mach, dille Mach …«, de Buttje mit siene dree Johr, to un to sööt, un dor kannst du seggen, wat du wullt — Wiehnachten ohn Kinner, dat is blots de halve Miete … äh … naja, du weetst, wat ick meen, jo, un dor du, dor bimmelt dat doch! Hilligobend, Klock söben bimmelt dat bi uns an de Döör!! Merrn in uns hilligen Wiehnachtsfreden!!!

Dor kann ick blots mit'n Kopp schüddeln, un wi hebbt dat denn ok dreemol bimmeln laten, un denn bün ick an de Döör.

Heff ehr ok blots 'n Fingerbreet opmakt, noch mit Döörkett vör — kannst jo nich weten nich, de Ganoven slöppt jo nich, segg ick jümmers, man buten stunn blots uns Naver Willem un achter em düsse twee annern.

Willem harr nich mol 'n Hoot op, wat mi al mol verwunnert hett, denn anners löppt he Dag un Nacht mit sien'n ollen Filzbüdel rüm, ick glööv, he slöppt dor sogor mit. Jo, un denn heff ick de dree rinlaten, aber blots op de Deel, denn ick finn, Wiehnachten is ’n Familienfest, un dat is jo denn de Intimsphäre, nich, un in de hebbt annere nicks to — ok wenn wi Willem al an de dörtig Johr kennt, man de Typen dor mit em, de harr ick noch nie nich sehn bi uns in de Gegend, un de weern mi jo denn doch wiss opfullen, denn de harrn Glatzköpp, de beiden!

Naja, wi staht dor nu also, un ick töōv, datt Willem mi ennelk verklort, wat se denn wüllt bi uns, an’n Hilligobend, Klock söben, dor seggt de een vun siene Kumpels doch miteens: »Scheune Wiehnachten!«

Dat funn ick jo nu würklich gediegen, denn wi seggt bi uns nich »scheune«, dat seggt se mehr so in Hamborg — »scheun greun buten Dammtor«, hehehe, nee, aber dat mit de ehre ... äh, ick weet nich, wat dat denn nu jem ehre Harten weern, de dor — also du, de deen lüchten, deen de, echt flakkern, versteihst du, un denn noch dörch jem ehre ... jo, weern dat nu T-Shirts oder wat — also dörch düsse dünnen Fummels flackern de dörch! Un ick dach noch, na, is dat nich to kold, de köönt sick jo wat weghalen, mit so’n dünnen Lappen an — magst dat glöven oder nich: Dat weer richtig hell op uns Deel, obschoons ick blots de lütte Wandlamp anknipst harr, de mit fievuntwintig Watt — sporen fangt bi Kattenschiet an, segg ick jo jümmers, hahaha ... haha ...

Naja, ick kiek jem dor noch so benaut an, un de een wull al wedder mit sien »Scheune Wiehnachten!« losleggen, dor sack Willem doch in sick tosamen! Full eenfach üm un leeg dor ünner uns Gardroov, wo he ok noch twee Paletots mit rünnerreten harr.

Dütt Pultern harrn de in de Stuuv woll hört, un Alma un mien Dochter ehrn Mann reten de Döör op un stieren op Willem, de de Ogen verdreihen un 'n beten sabbern dee. Denn aber wurrn se ok dat Lüchten un Flackern von düsse Typen wies, un Alma hett »Muttimutti!« schreet, wat se laterto nich mehr glöven wull, denn ehr Mudder is jo al mehr als twintig Johr doot, nich, un Jürgen, mien Swiegersöhn, de stunn dor eenfach so mit open Muul, hett sick nich rippelt un nich röhrt un Willem op de Klamotten ok nich, un ick wunnerwark jüst, wo dat denn nu wiedergahn schall, dor ... dor swenk doch de anner Flacker-Otto sienen linken Arm op Willem, ut sien'n Wiesfinger blitz dat, un Willem stunn wedder op. Klopp sick de Jack af, hüng de Paletots op, hoost 'n beten un see, de twee annern weern jüst kamen, vun buten, vun dor baben, un de Glatzköpp nickköppen dorto, un de een brabbel egolweg sien »Scheune Wiehnachten! Scheune Wiehnachten!« — unheemlich, richtig unheemlich.

Ick segg di — dat hett mi meist ümhaut! Denn wo kunn dat angahn, datt Willem so vun een Sekunn op de annere wedder bi sick weer, nich?

Goot, wi hebbt jem denn eerstmol in de Stuuv rinhalt, un Alma hett fix 'n Tass Koffie makt — dat geiht bi ehr jo op Spesen, hett uns Stüürberoter seggt, wenn se Lüüd to Besök hett, de vun buten … un de hier weern jo vun buten … un wo se in ehre Funkschoon as Mitglied vun'n Ortsausschuß — aber se hett denn ok noch de Knackwüss mit Kantüffelsalot — Hilligobend eet wi nämlich jümmers Knackwuss mit Salot, muttst du weten, dat makt nich soveel Ümstänn, un Alma steiht nich den ganzen Obend in de Köök un hett denn nicks vun dat frohe Fest, wo de ganze Familie vereent in jem ehrn christlichen Glöven de himmlische Botschaft … naja.

Is doch so. Blots mit Singen weer denn nicks mehr, denn Willem freet as de Düvel, obschoons sick jo jedeneen utreken kunn, datt bi foffteihn Knackwüss noch nich mol twee per Person, denn op soveel Besök weer Alma jo nich instellt, wenn de twee Blitzkameroden ok blots »Scheune Wiehnachten!« seggt hebbt. Dat heet, de een vun jem kunn nich mol dat; man sienen Namen hett he mi seggt, as ick em fragen dee; wat ick egentlich hüüt noch nich verstah, denn ick harr em gor nich richtig frogt, sünnern blots so bi mi dacht, wo mag de woll heten, un dor seggt de opmol »Ai-Ram« un wies op sick!

Naja, dach ick, sünd womöglich Asylanten oder so, un Willem will de uns ünnerjubeln, wiel datt he bi sick keenen Platz hett, man wi hebbt jo man ok jüst dat, wat wi so brukt, un de twee Kamern för de Sommergäst — dor kann ick Alma nu op keenen Fall mit kamen, datt se de achteran al wedder … in'n November eerst harr se de gründlich makt, dor is se jo etepetete, allens mutt propper sien, nich, un wi weet jo ok gor nich, wat dat för Lüüd sünd, meenst nich ok?

Tjä, wi sitt dor also nu in uns gode Stuuv, dor — du, dor fangt de een, de Ai-Ram heet, de fangt dor doch mitmaal an to snuven un to hachpachen, sien Hart flacker as meschugge, de annere Kahlkopp stier sienen Macker an un weer wedder mit sien'n Wiesfinger innegang, un ick segg noch to Alma, wat makt de blots jümmers mit sien'n Finger, un Willem holl sick vör Schreck de Hannen vör de Ogen, so datt ick meen, he kippt glieks wedder ut de Pantinen — Willem is jo so sensibel, nich, un bi't Swienslachten bün jümmers ick dat, de ... also he kiekt denn lever weg ...

Wat wull ick nu — achso, richtig: Du kennst mi doch — ick bün 'n eernsthaftigen Minschen un mit Spijökenkraam heff ick nicks mit an'n Hoot, al mol gor nich to Wiehnachten; dor is mi nu würklich nich na Trallalla tomoot, un to Kark wullen wi jo ok noch Klock twölf, man as de annere dor wedder mit sien'n Wiesfinger op den Ai-Ram, dor dach ick, mi dröppt de Slag — leggt sick de doch hen! Abers — nich op'n Bodden oder op't Kanapee oder so, nee, de leeg dor miteens in de Luft!! Nu kümmst du! As so'n swevende Jungfruu! Un denn — ick weet gor nich, wo ick dat nu utdrükken schall — denn flackert sien Hart mitmaal hell as de Sünn, un wi hebbt uns all de Ogen toholln, blots Willem nich, de rutsch wedder vun'n Stohl, un as wi wedder henschulen, dor hollt de Ai-Ram 'n lütten Glatzkopp in'n Arm, un nu lüchten dor dree Flackerharten üm de Wett.

Ick segg di — dor sünd wi aber lebennig worrn! Alma un uns Dochter hebbt quiekt as Swien, dor is sogor Willem wedder vun opwakt, un sünd denn nah buten scheest. Mien Swiegersöhn un ick un Willem denn ok, wi weern echt baff, un blots uns Lütten leep op den — nu mutt ick woll seggen: op *de* Ai-Ram to, de nu wedder op ehre twee Been stunn, un wull dat ... dat — Ding ... wat dat nu egentlich weer, dat mag de Düvel ... naja, dat heff ick nu twars nich dacht, denn Hilligobend is Hilligobend, dor snackt en nich vun'n Düvel — also ick heff em denn lever rutbrocht, uns Lütten, denn Kinner mööt jo nich allens ... Un dat weer ok goot so, denn man knapp datt ick mit em buten weer, dor güng dat »Tatüü-tataa, tatüü-tataa«, un buten vör de Döör holl de Polizei, mit Blaulicht un allens! Un noch nichmol ut uns Gegend — de keemen ganz ut de Stadt, dat kunn ick an dat Nummernschild sehn!

Ick denn jo »Frohe Wiehnachten!« un »Noch so laat ünnerwegens?«, un denn stegen de dree Mann ut, un wat wi nich düssen Blitz vör'n Stunn sehn harrn, un dat müss akraat hier in düsse Gegend west sien ...?

Ehr datt ick aber noch wat seggen kunn, bölk Alma mi dortwüschen: »Dor! Dor binnen sitt se, de Asylanten! Ick heff jo glieks seggt, dat geiht nich mit rechte Dingen to! Man seggt will ick nicks hebben, blots wi kennt jem alltohoop nich, Willem hett jem hier jüst ansleept! Wi hebbt man blots den Blitz, as wi jüst ünnern Dannenboom seten un ... Chottogott, wat'n Opregung blots! Un dat an'n Hilligobend ...«

Un so wieder un so wieder — wat so Fruunslüüd eben rümlabert, wenn du jem nich ... Weer also echt Trabbl, kann ick di seggen, un de Polente rin in de Stuuv un sünd meist gor nich wedder rutkamen dor, blots Willem un mien Swiegersöhn, un ick segg noch, dat is jo woll 'n Ding, dat wi hier an'n Wiehnachtsobend, wo jo uns Heiland boren is un Freden op Eern un de Minschen 'n Wohlgefallen, un utrekent bi uns, in uns egen Huus, dor dröfft wi denn nich in uns egen Stuuv un uns egen Wiehnacht fiern!

Man dor keemen de dree wedder rut. Een vun jem leep to'n Wagen un puckel 'n Barg Saken ran — Wulldeken, Sanitätskasten, Cola un wat weet ick noch allens, un Alma hett noch kott lacht, wat se ok de Dannenboomkringels nich vergeten harrn, dor wurr doch de een vun jem — weer woll de Boss — de wurr miteens bannig deenstlich un see, wi müssen op'n Stutz 'n Kamer freerümen, un he kunn dat ok amtlich beslagnahmen, wenn 't nich anners güng, denn dat weer 'n Nootfall un denn jo uns Plicht ...

Typisch. Bi uns brukt 'n Frömden blots mit 'n lütten Blitz antokamen un schoon funkschoneert de Behörden un allens steiht praat för jem, wielldess wenn wi mol wat wullt, denn — laat mi an Land.

Wi hebbt denn in mien Warktüüchkamer twee Gästebetten opstellt — lever weer mi jo de Schuppen west, man de Bullen hebbt mi so giftig anstiert un datt wi buten veer Grad ünner Null, un denn sünd de Blitzmackers rin in de Warksteed, Willem nah Huus un de Polizei ok af dörch de Mitt.

Un sowat an'n Hilligobend. Is wiet mit uns kamen, hett ok Alma seggt, wenn nich mol an'n Hilligobend ... Man se wull dat furts in't niege Johr vör den Ortsausschuß bringen, dat wüllt wi doch mol sehen!

Üm Middernacht sünd wi denn doch noch to Kark gahn, denn dat is jo jümmers wedder schön, all de Kersen dor, un ick glöv, sogor nah Weihrauch hett dat dor rükt, un dat Jesuskind leeg in sien Krüpp un hett echt hold utsehn, denn de Krüpp is jo antik un ward ok blots to Wiehnachten opstellt, mit Alarmanlaag un allens. Ok de Paster weer nich slecht, ick heff em dor to'n eersten Mol sehn; leste Wiehnacht weer noch de olle dor. Is jo noch 'n beten jung, man he hett mi so recht ut'n Harten spraken, as he to'n Sluss see: »So gehet denn zurück in Eure Häuser, tuet Gutes und seid den Fremden Freund in dieser heiligen Nacht!«

Tjä, wat schallst dor seggen — för wat sünd wi Christen, nich? Un ick heff to Alma seggt, de mit sien'n Lüchtfinger, de kunn jo egentlich morgen mol de Liese, een vun unse Köh — de Vehdokter is al tweemol dorwest, un dat geiht jo ok in't Geld, segg ick di — datt he de denn mol düchtig kureert, un mientwegen kööont se denn bit Neejohr ok in de Kamer blieven.

Man as wi nahuus keemen, weern de Glatzköpp weg, alle dree! Keen Danke, keen nicks!

Wat seggst nu? Dor fallt mi nu würklich nicks mehr op in.

Wiehnachtliche Flatterogen

Na, hangt de Adventskalenner al an de Wand? Hest di al öberleggt, mit wat du diene Leeven dütt Johr wedder dat grote Gruveln in de Ogen drieven wullt?

Also ehrlich — nich datt ick nich geern Wiehnacht fier, dat nich, denn tominnst een Präsent kööp ick mi ut Vörsicht jümmers sülvst, üm datt de Schock ünnern Dannenboom nich to groot ward, man dat Gruveln öber de afsluut eenmoligen Geschenke, dat kann di echt de ganze Vörfreid inne Grütt hauen!

Un wo gräsig dat Problem de Lüüd in'n Nacken sitt, dat kannst dütlich sehn, wenn du di in düsse Daag mol in all de Präsent-Shops ümkiekst ...

De Minschen peest mit Flatterogen dörch den glitterigen Klimbimheven, Anni treckt ehrn Willem achter sick, de blots noch rammdösig op de smucken Been vun de Verköpersch stiert, un schütt op 'n Regal loos: Oh — kummah! Die silberne Schale für neununzwanzigfünfzig ... Willem! Komm zu dir! Lass die Deern ihre Beine — wenn du Eisbein willz, kochichas Sonntag! Hier, die Schale is richtig, da tust zwei Pfund Bontje rein, die bunten, weischon, die billigen — das 's 'n bombiges Geschenk! Kann Oma denn alles reintun … Obst, Gebäck, Strümpfe — alles!

Un wedder ward op de Präsentlist utstreken: OMA — Silberschale plus Bontje = DM 37,50 …

Besünners spoßig is dat bi Schallplatten un CDs. Wenn de Verköper 'n Kunnen süht, de op 'n langen Zettel pliert, ut den he nich klook ward, denn sackt he furts in de Hocke achter sien'n Tresen un stellt sick doot. Man wenn de Kunn fixer is, denn geiht't loos: Junger Mann, ich such … äh … also … das Streichquartett 150 Gramm — nee, Momang, dascha Streichmettwurst … hat mein Frau mir doch einfach da drüber … nee, hier, für Ernst, mein Schwiegersohn is das nämlich … Streichquartett … da issas … in D-moll, von Alex … Albert … is auf jeden Fall 'ne CD, für 38 Mark, hatter gesahch — ham Sie dic?

Nee, leider … Man as Ersatz kriggt Ernst denn wat Feines von de Egerländers un steiht an'n söbenuntwintigsten Dezember wedder op de Matte, to'n Tuuschen.

Wo du ut lehren kannst: Kööp in mit Leev un mit Räsong, vör allen denk an den Kassenbon!

Jobsharing

Segg mol — hest du al mol wat vun »Jobsharing« hört? För den Fall, datt nich — ick verklor dat mol: Also wenn een sien Arbeit alleen makt, denn hett he 'ne Vulltaihmdschobb. Wenn denn noch 'n annern dor is, de keen Arbeit hett, denn makt de een de Arbeit, seggt wi mol: vörmeddags, un de annere makt den Rest nahmeddags. So hebbt se beid wat to doon, wenn ok nich so veel, un verdeenen doot se ok blots half so veel. Wat dat nu good is oder nich, dat kann ick hier nich so op 'n Stutz seggen, ob jeden Fall: Twee Lüüd doot denn dat, wat vörher een alleen makt hett. Dat is Jobsharing.

Bi den Wiehnachtsmann is dat annersrüm. Dor weer fröher eenmol de Kinnerbischof Nikolaus un denn noch sien Knecht Ruprecht: De een weer sotoseggen de Kopparbeiter un de annere müss fix Knööv hebben, wiel datt he soveel to puckeln harr. Düsse twee Dschobbs hebbt se sotoseggen eendags ratschonaliseert, un ut de Twee is de Wiehnachtsmann worrn. De mehrsten Lüüd hebbt den Wiehnachtsmann mol dropen, as se noch Kinner weern. Un wiel dat al so lang her is, hebbt se vergeten, wat he för een is. Un so is dat seker goot, wenn wi uns so 'n poor Daag vör Hilligobend noch mol klor makt, wat dat mit em op sick hett.

De Wiehnachtsmann is 'n ollen Mann, dat kannst al an sien 'n witten Boort sehen. Man he hett sick aarig wat fit holln un hett gräsig veel Pauer in 't Lief — tegen em is 'n Bodybuilder dat reine Sandmännchen. Ölben Maand in 't Johr deit he afsluut nicks, veer Weken vör Wiehnachten geiht he spazeern un kiekt sick den Trubel vör de Festdaag an un eerst Hilligobend kümmt he in Äkschn. Denn mutt he bescheren. Bescheren heet »zuteilen«, »verhängen«. Normalerwies makt sowat de leeve Gott, Hilligobend is de Wiehnachtsmann an de Reeg. He löppt, suust, swemmt, flüggt, kann sick seker ok vun New York nah Hamborg biehmen, so as in de Ssaienzfikschn-Stories — is also keen Problem för em, all de Arbeit an een Dag to maken. Denkt he. Man ick glööv, dat liggt an sien Öller. Woans kunn dat anners angahn, datt he soveel vergitt? He meent dat wiss nich böös, dat nich, man de Trabbl ward jümmers grötter! Mag ween, he schull mol Lecithin sluken, för sien 'n Brägen, denn niege Adressen kann he partout nich in 'n Kopp beholln. Dor, wo he al fröher veel henbrocht harr — den Weg kennt he, dor beschert he so as jümmers, man annerwegens, bi Lüüd, de nie nich wat kriegt, jo, de em nich mol kennt — dor krüüzt he nich op. Dat finn ick nich korrekt. Un dorbi weet he doch, datt wi uns all so op em verlaten doot! Un dat is doch ok nich toveel verlangt! Dreehunnertveerunsösstig Daag in 't Johr mööt wi uns afmarachen un spoort all de Leev in uns Harten op, de wi annere Minschen schenken wüllt, un wenn wi uns dat denn mol een Dag, an 'n Hilligobend, kommodig maken wüllt, denn funkschoneert de Olle nich!

Tjä, wat schallst dor maken?

Ick glööv, em köönt wi dat nich mehr bibringen, dat is woll eenfach to veel för em …

Meenst du nich ok, wi schullen em mol 'n beten ünner de Arms griepen? Un dat — wi hebbt jo all so gräsig veel to beschicken — nich blots an een Dag in 't Johr, nee, an dreehunnertveerunsösstig Daag? Denn wenn du wat goot maken wullt, denn brukst dor eben ok Tiet för, nich? Un vör allen kunnen wi Wiehnachten wedder to dat maken, wat dat egentlich sien schull. Ick mutt seggen, in düssen Fall bün ick för Jobsharing.

Klöbenhektik

Segg mol — rükt dat bi di tohuus ok so fein nah Wiehnachtsklöben? Is doch hährlich, nich? Wiehnachten ohn düssen Ruch vörher kann ick mi gor nich vörstellen ... ick meen, Ida makt dat jo 'n beten dramatisch, mit de Klöbenbackeree, allens wat recht is ... So üm düsse Tiet rüm, denn kannst ehr dat richtig anmarken, wo dat grote Wark op ehr tokümmt. Mehrsdeels snackt se al poor Weken vörher dorvun, un du denkst, bi so 'ne akurate Planung kann jo nicks bi verkehrt lopen un ward ennelk mol 'n sutje Produkschoon, ohn Trabbl un Hektik.

Denn ennelk is de grote Dag kamen, in 't Huus makt se all 'n groten Bogen üm ehr, sogor de Katt hett sick 'n seker Versteek söcht, nu kümmt Ida in Fohrt. 'n vernünftigen Minschen lett dat mit een Klöben noog sien, vunwegen den barg Arbeit — se makt dat nich ünner dree.

Laat nahmeddags hörst den eersten Kampflarm ut de Köök. Ida haut den armen Deeg op den Disch, datt du meenst, dor hebbt sick dree Catchers bi de Plünnen. Wumm! geiht dat, un klatsch-platsch! Nah 'n Stünn liggt de Deeg fardig op 'n Disch un Ida dor ünner, afsluut down. Wi hebbt denn all 'n slecht Geweten, wiel se sick so afmarachen müss, un ick laad ehr eerstmol to 'n lütten Schoppen in. Dor hett se nicks tegen, denn de Klöben mutt nu 'n tietlang gahn, ünner 'n wittes Dook. Denn so, söben, halvig acht, ward de eerste staatsche Johnny in 'n Backoven schaven. So 'n Klöben brukt jo lang ... de Krimi is al düchtig innegang, denn is de Nummer twee an de Reeg. Ida hett nu al 'n beten wat Apathisches an sick — se is jo al siet Meddag innegang, nich? Wenn denn so tegen ölben dat Nachtprogramm in Televischn anfangt, denn kriggt mi dat Schicksol bi de Büx. Ida hett den lesten Klöben in 'n Oven sett, un keeneen kann vun ehr verlangen, datt se noch bit meern in de Nacht opblifft, wo se doch den ganzen Dag so ... op jeden Fall: Nu fangt mien Martyrium an. Versök du mol, bit Klock een waak to bliewen, bi dat Fernsehprogramm!

Klor, ick kunn mi jo ok 'n Wecker stellen, man wenn ick mol slaap, reageer ick op keen Wecker, dor muttst du al mien Bett ut 'n Finster smieten, ehr datt ick obwaak. So stah ick denn all Veddelstünn op, mak beten Gymnastik, verrenk mi dat Krüüz — mol heff ick sogor 'n Fründ anropen; de snackt nu nich mehr mit mi. Eerst to 'n Sluss, wenn ok de drütte Klöben fardig is, denn warr ick wedder gräsig munter, wiel datt ick mi an den heeten Backoven de Poten verbrennt heff —.

Enerwegens hett also de Wiehnachtsbackeree bi uns jümmers wat Dramatisches an sick. Sogar as ick lütt weer, weer dat bi uns nich anners. Seker — dor dee ick Ida jo noch nich kennen, man liekers …

Ick weet noch, mien Mutter wull een Wiehnachten mol bruune Koken backen, un domols, in 'n Krieg, weer dat bannig swor, all de gediegenen Saken to kriegen, de se dorför bruuk: Pottasche, Zimt un wat weet ick allens. Bi düssen Deeg is dat jo nu aber so, datt du em nich furts backen kannst, de mutt eerst 'n poor Daag oder sogar Weken dörchtrecken, üm datt he ok den richtigen Smack kriggt. De Deeg leeg fein inwickelt boben op 't Boord in de Spieskamer, un ick kunn dor blots anlangen, wenn ick op 'n Stohl klatter. Un stell di vör — al vun eersten Dag an dee he wunnerbor smecken! Mennigmol heff ick em dreemol an 'n Dag besöcht. Nu kunn ick jo aber nich eenfach wat vun den groten Klüten afkniepen, dat haar mien Mudder jo markt; so heff ick den Deeg den jümmers 'n beten hoogheevt un blots vun ünnen wat rutpuult, vun boben weer nicks to sehn. Nah 'n poor Daag full de Deeg twars beten in sick tosamen, man ick heff dor denn 'n Appel ünnerleggt, un so full dat nich op. As mien Mudder denn eendags häppie an 't Backen wull, bün ick op'n langen Besök gahn, to mien 'n Fründ. Sien Mudder dee sick al wunnern, datt ick gor nich nah Huus müss, man as dat duster wurr, bün ick denn in de Höhle vun den Lööven …

Mudder hett nicks seggt, in de Köök rüük dat bannig fein, de bruunen Koken leegen op 'n Teller, un ick weer jüst an 't Wunnerwarken, dor geev se mi 'n annern Teller, mit Pappstriepen, un op de Striepen harr se ropschreven: Braune Kuchen ... Braune Kuchen ... Braune Kuchen ... Un denn hett se mi bit Wiehnachten tominnst dreemol an 'n Dag »Goden Apptit!« wünscht.

Segg mol — sowat is doch »seelische Grausamkeit«, nich?

Computer-Frohlocken

Wat harr ick mi blots argert öber düssen gräsigen Wiehnachtsrummel, mit sien dösiges Heidschibumbeidschigedudel, de Dannenboomslepperee, all den kitschigen Glitterquark ut Kersen, Kringel un Konsum — nee!!!

Man denn, as ut uns Stuuv liesen de Wiehnachtsklockeln bimmeln, weer allens vergeten … De Stuvendöör wurr sacht unsichtbor, un ick dee mi freien, datt wi doch den betern Dematerialisator köfft harrn, denn bi de billigern bleev mennigmol de Döördrücker meern in de Luft hangen. Vör uns funkel un lücht de schöönste Dannenboom, un andachtsvull güngen wi dörch em hendörch — dat weer jo dat Gode an so'ne Dree-D-Projekschoon, datt di nicks mehr in'n Weg steiht. Ida harr teihn vun de herrlichsten Wiehnachtsleder in uns niegen Multimusicmixer programmert, un Peter Alexander süng nu in'n Duett mit Bing Crosby — as Background de Wiener Donkosaken — »Leise rieseln heilig vom Himmel hoch die Jingle Bells«. Ut uns Sensor-Teppich steeg uns so fein de Ruuch vun Synthetik-Weihrauch in de Nees, un wi weern al richtig vull Seligkeit, as wi ennelk unse computerstüürten Virtu-Helme opsetten deen un miteens de Wiehnachtsmann mit dat Christkind op de Schuller vör uns stunn un wi in den prachtvullen virtuellen Wiehnachtsheven mit Engel, Lüchten un Lametta de veelen Präsente segen: 'n grote Villa, düüre Kaleschen, Brillanten — eben allens, wat wi uns mol wünscht harrn —.

Jüst harr Ida sick de Klunkers ümbummelt un ick mi in mien'n Rolls Royce flenzt, dor knall leider de Hauptsekerung in't Huus dörch, un wi seten dor mit nicks un wedder nicks! Blots den kaputten Lichtholler harr ick noch in de Hand, mit den ick mi 'n Ogenblick bi't Dannenboomoptakeln op uns Sofa sett har. Un nah düssen kollen Tokunftsdroom wüss ick nu gor nich, wat ick toeerst wull: Richtigen Gööbraten snuppern, Marzipan slickern oder Heidschibumbeidschi hören — 'keen denkt dor noch an Wiehnachtsrummel! Un ick heff denn lever mit Ida op uns Wiehnachten hüüt anstött — Frohe Wiehnachten!

Hilligobend

Nu is Hilligobend.

De Klocken dröhnt. Achter de Finster Lüchten vun Dannenbööm. In de Pött schmurgelt dat lekker, buten treckt de Wiehnachtsmann sien Bruchband wat strammer. Beten Wind, keen Snee, Smuddelwedder — nich kolt, nich warm.

Nüms mehr op de Straten, blots af un an mol ’n leddigen Bus, ’n eensom Taxi.

De lange Straat rünner wannert ’n Katt, vun Hilligobend weet se nicks vun af. Se humpelt ’n beten, dicht an de Muur lang.

Ick segg liesen: Muusch, Muusch …

Se blifft stahn, ick gah to ehr hen.

Na, Muusch, noch ünnerwegens so alleen?

Se drückt ehr Kopp an mien Knee … is meist to mager …

Eien mag se nich hebben, se duukt sick gau weg.

Wat hest du denn, Muusch — na, kumm doch mol her …

Wedder mit ehr Kopp an mien Knee. So’n arm lütt Deert — süht ut, as weer se narms tohuus … un dat hüüt, an’n Hilligobend — wo dat doch jüst hüüt so kommodig is in’t Huus … slickt hier dörch den Regen, ward sick woll enerwegens in'n duster Eck verkrupen, sick de Humpelpoot licken un sick Gammel ut de Mülltonn söken ... arm, lütt Katt —.

Wat ick ehr nich mitnehm, to uns, nah Huus, eenfach so, in de Warms? Ehr Melk in't Napp gaten, un vör de Heizung kunn se sick denn inrulln un sick wat verhalen vun ehrn dustern Trab dörch düsse Nacht, düsse hillige Nacht ...?

Kumm Muusch ... na, kumm doch ... wees doch nich so bang ... ick will di doch nicks doon ... schallst dat doch goot hebben in uns Stuuv ... na, nu bliev doch stahn ... Muusch ... Muusch — doch nich op de Straat, Muusch — nich — Muusch!

Ach, Muusch ...

Hett ehr woll gor nich markt, de Busfohrer. Weer jo ok nich veel dran an ehr. Heff ehr an de Siet leggt, se weer glieks doot.

Arme, lütte Muusch ...

In't Fernsehen snackt uns Bundespräsident to de Natschoon. Un de Paapst to de Welt. Se snackt över de Noot vun uns Bröders un Süsters buten in de wiede Welt.

Welt wiet weg — wat is dat?

Sünd seker nich lütte Kinner mit opswemmten Buuk; Jungs un Deerns, de nich mehr blaarn köönt, wiel datt se keene Tranen mehr hebbt; Minschen, de vör Hunger un Pien eerst nich in Slaap finnen köönt und denn nich wedder obwakt ...

Nee, wiede Welt is: Klocken ut London, Amsterdam, New York, Rom; is Kaviar ut Russland, Erdbeeren ut Israel, Eddeldann ut Norwegen. Welt wiet weg kümmt nich to uns düssen Obend. To uns keem 'n lütte Muusch …

Ick maak dat Finster op un uns Präsidenten un den Paapst ut. Lüüd, maakt all de Finster op!

Buten töövt nich blots lütte Katten.

Präsentknüller

Geiht jo weder loos nu, de Run op de Wiehnachtsfreid, sünnerlich op dat Rebeet vun de Gesellschaftsspeelen. Johr för Johr kümmt wat Nieges op 'n Markt, denn de Lüüd hebbt vun de Afplackeree so de Nees vull, datt se blots noch spelen wüllt — Monopoly, Börsenspeel, Mah-Jongh ut China, Tai Lama ut Tibet — un so old, datt nich mol de Tibetaner dat kennt — kann gor nich old noog sien, Hauptsaak, de antiken Speelen seht nah wat ut, sünd limiteert un so düür, datt Unkel Willi mit sien simpel Minsch-arger-di-nich ... also he föhlt sick nu echt as Banausen.

Süh, un hüüt is nu dien Glücksdag, hüüt verrot di Hörmi 'n afsluut nieges Speel! Hett noch keeneen, kannst sülvst maken un is 'n wohnsinnigen Präsentknüller!

Pass op — de Top-Hit heet »Zwei Indianer im Regen«. Is 'n olles amerikaansches Speel för twee Lüüd un geiht trüch op 'n chineessches Speel ut de Mingh-Dynastie, heet domols soveel als »Tränen des Himmels über Li-Han, den zwiefach Gestalteten« — oder so ähnlich. Weer blots wat för de Intellektuellen. Jo, un hüüt nu ok för ... för, also ok för Lüüd, de Platt — naja, op jeden Fall:

ick verklor di dat nu mol: Also … allens, wat du brukst, is ’n durabel Holtbrett, so twee Meter mol een Meter — kannst ok dien Stuvendöör uthangen, besünners vörnehm süht Mahagoni ut — dat is denn dat Speelbrett. Langs un quer kloppst du nu all fiev Zentimeter ’n Nogel rin — de dat beten düürer hebben will, de kann sick de Nogels jo vörher versülvern oder sogor vergüllen laten. Un all de meist achthunnert Nogels, de ward denn mit buntklörige Siedenstriepen verbunnen: Twee Regen buten in swatt, denn so twee Regen rood, fiev Regen witt un de Placken in de Mitt gröön. Nu stellst du in twee Ecken vun dien Speelbrett lütte Wigwams op, sülvstneiht, ut Ledder, an de twintig Zentimeter hoog. Süht nah wat ut, nich? De Speelfiguren sünd twee Barbiepoppen, de du op Indsche trimmt hest, un de staht in de Mitt.

So, nu geiht’t los: De Speelidee is heel eenfach, meist geniol. So as bi all de berühmten Speelen — naja, is jo ok vun … man ick will mi hier nich sülvst loven — also: De twee Indianers staht jo nu in’n Regen un wüllt nahuus in jem ehre Wigwams, blots — wo kaamt se dor hen? Tjä, du — dat gifft Stimmung! Tovörderst mööt de Speelers all de Knütten an de Nogels wedder oppulen, denn de achthunnnert Nogels wedder rutrieten un to’n Sluss de Döör wedder inhangen!

Achso — dat wunnerbore Speel gifft dat ok för söss Lüüd. Dor brukst du denn veerdusend Nogels, veerunsösstig Barbiepoppen un — man dat verklor ick di denn ’n annermol …

För teihn Mark Wiehnachten

’n Millionär bün ick nich, ok wenn ick vun miene fievunsösstig Johr meist föfftig arbeit heff — hett jümmers so langt, mol mehr, mol minner. Un düsse Week is nu Wiehnachten. Denn kümmt uns Familie tosamen, mit Kinner un Enkelkinner. Un wi laat uns dat smecken, hebbt dat goot un freit uns, datt wi dor sünd.

Dütthalven müss ick dor vörher wat för inköpen. Ick stunn vör Aldi un wull öber de Straat. Dat güng nich, denn op de Straat tippel een rüm un pöbel de Autos an. ’n ollen Mann — wat heet »old«, he weer woll noch wat jünger as ick. Man he seeg old ut, old un schedderig. Un besopen. Denn aber harr he mi sehn un humpel op mi to.

»Mah eine Frage ...« bölk he al vun wieden, un ick wüss, wat nu keem — he wull mi wiss anhauen üm ’n poor Penn. Egentlich wull ick veel lever wiedergahn, man he reep in een weg: »Eine Frage ... eine Frage ...« un keem mit siene lütten Tippelschreed neeger. Un ick mark, datt he nich blots schedderig un besopen weer, nee, he stünk ok gräsig, harr ’n deepe Schramm an’n Kopp, sien Jack weer vull Smeer un an em rünner bummeln ’n poor Plastiktüten mit leddige Buddels un Plünnentüüch. Nu stunn he bi mi un brabbel wat vun »… eben aus'n Strafvollzug …«

Un ick weet nich — as he mi so op de Pelle rück mit sien'n schietigen Stoppelkopp un sien'n Köömaten, dor harr ick blots eenen Gedanken: Gau weg hier! Un ick lang in miene Breeftasch, drück em teihn Mark in de Hand, tüdel wat vun »Fröhliche Weihnachten!« un müss mi loosrieten, denn he wull mi meist fastholln.

He keek op den Schien in sien Hand, denn op mi mit grote Ogen un see miteens mit 'n heel annere, liese Stimm: »Oh … Dank … danke, junger Herr … (»junger Herr« — dat to mi!) … das is … Gott segne Sie!«

Denn weer ick weg un dreih mi ok nich mehr üm, man siene Wöör harr ick noch lang in de Ohren; un dat, wo ick doch egentlich blots versöcht heff, mi för teihn Mark to Wiehnachten 'n godes Geweten to köpen …

Frohe Wiehwauwau!

Fröher, as lütten Jung, dor harr ick mol 'n Wiehnachtsbook, dor güng de Gröönrock, de Förster an 'n Hilligobend in 'n Wald un geev de Reh, de Hasen, all de Deerten geev he 'n Extraportschoon Foder, un ümto glitter de witte Sneepracht, de Steern an 'n Heven, un denn hett he wohrhaftig noch 'n poor Lüchten op'n lütten Dannenboom steken, un in de Wintereensomkeit weer miteens Wiehnachten ...

Hett depen Indruck op mi makt, wo de lütten Bambis un Mümmelmanns mit grote Ogen un ohn Bammel an't Rövenmampfen weern, obschoonst de Jäger ok hier sien Scheetgewehr op'n Ast dreeg —. Wiehnachten för Minsch un Deert, sogor för den Dannenboom ... heff ick wedder un wedder leest, is mi echt an't Hart gahn.

Miene Öllern harrn egentlich jümmers Hunnen. Een dorvun, de Jerry, dee kreeg ok elkeen Wiehnachten sien Präsent. Jümmers 'n Knackwuss un 'n Ball. Un alltiets kunn he sick nich entsluten, wat he nu tovörderst de Wuss freten oder mit den niegen Ball spelen wull, he hett mol nah düt un mol nah dat snappt. Man denn hett he selig de Wuss freten. Mit Wiehnachten harr dat egentlich nich mehr veel to doon, weer vör allen de Spoß an sien fidele Snapperee un sien Seelenpien, sick nich an Wuss un Ball toglieks delekteern to könen.

Man nu heff ick wat mitkregen, dor frog ick mi würklich, wat de Lüüd nich all een an'n Brägen hebbt. In de Nobelgegend vun Eppendörp gifft dat wiss un wohrhaftig 'n Laden, 'neem du Adventskalenner för Hunnen un Katten köpen kannst! Adventskalenner! Segg mol — wat is blots mit Lüüd loos, de sowat kööpt? Kunn denn jo ok driest 'n Bibel för Hamster geven, oder 'n lütte Krüpp to'n Schunkeln för 'n Wellensittich! Un Rattengift mit smucken Opdruck »Frohes Fest«; Kattenstreu mit Lametta in för de schöönste Tiet in't Johr, Pussi ward dööpt, Hasso kunfermeert un Buttje ward truut in'ne Gitterkark.

Man bi dat, wat wi ut uns grotes Fest bi lütten makt hebbt, is dat ok keen Wunner, datt nu 'n poor kumplett utflippt un Wiehnachten to'n Apentheoter makt.

Wi harrn uns Katt Wiehnachten jüst so leev as an alle annern Daag, un Bella dee keen Sünndag un keen Oostern kennen, man se harr dat goot bi uns, as Katt.

Süh, un dütthalven wünsch ick Hunnen un Katten un Piepers un all uns annern Flatter-, Jachter- un Krabbelfrünnen ok keen frohe Wiehnachten — ick wünsch jem vun Harten Minschen, de jem leev hebbt as Deerten un nich as veerbeenigen Minschenversnitt.

As jümmers …

Sacht geiht de Natur to Roh. De Bööm un Planten slaapt un dröömt vun'n tokamen Sommer vull Sünn un Leven, de Tochvagels sünd al lang nah'n Süden hen, veele Deerten hebbt sick ünner Eer und Bläder tosamenrullt un snurkt ehrn Winterslaap. De Daag sünd gries un kott; allerwegens warrst de Teken gewohr, dc düsse Tiet uns wiest, Johr för Johr, Minschenöller för Minchenöller —.

Ok bi Anna. Blots datt Anna nu nich sacht to Roh geiht — Anna ward nu böös lebennig. Wat heet lebennig — 'n Vulkan, de utbrickt, is jo ok nich blots lebennig, nee, wat em in'n Weg steiht, ward daalknickt un plattwalzt. Twee Weken vör Wiehnachten stiggt in Anna 'n unbännige Backlust hoog, so as in den Vulkan de Lava, un de Familie mutt nu mit Beven reken bit Stärke twölf op de nah boben open Anna-Richter-Skala.

Tovörderst köfft Anna in. Nich blots so'n simpeln Kraam as Mehl, Zucker, Eier un Botter, nee, ok noch Saken, de dat in keen normalen Laden mehr gifft, un nah 'n Dag Inköpen un Nichkriegen is ut ehr so'n weiblichen Charles Bronson worrn, de blots noch rood süht. Denn so söcht se all de buntklörigen Dosen rut, nimmt sick Urlaub vun ehrn Job un fangt an to backen. Dat heet, eerstmol söcht se fiev Stunnen nah de Rezepten un twee nah de Utsteekformen.

Denn aber geiht't loos: Swattwittkekse, Schottsche Botterkeks, Kringel, Harten, Nöötplacken — so an de twintig Sorten will se backen. Dorbi dudelt se dat wohltemperierte Klavier op CD, snitt sick gehörig in'n Finger, finnt ehre Brosch wedder, de se verleden Johr mitsamts de Utsteekformen wegrüümt hett, freit sick dor bannig över, probeert furts ehr nieges Kleed to de olle Brosch, un in'n Backoven ward ut de Nöötplacken middewiel Holtkohlen.

Twee, dree Daag duurt dat keksige Inferno, un sick in de Tiet bi ehr blicken to laten, hett al mennigeen üm sien'n Verstand brocht.

Man denn hett Anna ehr Wark fardig un trecht. Tofreen kiekt se op Dosen un Dosen vull smackige Wiehnachtskekse, un denn passeert 'n Wunner: So as de Tochvagels weet, wannehr de Reis losgeiht, so weet de Familie, wannehr se opkrüzen mutt. Denn vör Wiehnachten smeckt de Leckerkraam jo an besten! All staht se furts bi ehr vör de Döör — ick jümmers to laat — un Hilligobend weet Anna, datt se neegstmol duppelt so veel bakken mutt — sünd blots noch dree Dosen över.

Un se schrifft in ehrn Kalenner: Eersten bit achten Dezember — Backen!!! Denn op de Natur ehre Teken will se sick nu nich mehr verlaten …

Op'n lesten Drücker

(Klaus Hartmann gewidmet)

Dat weer wedder mol typisch: mit den ollen Sleden schull he wedder op Tour! Un datt bi düssen Verkehr an'n Hilligobend! Statts datt se em mol 'n flotten Kombi mit Anhänger ... Allradantrieb ... Klimaanlaag ... nicks! Nich mol 'n Zossen för de Klapperkist, blots Rudolf, düssen möden Eskimohirsch!

De Wiehnachtsmann seet gnadderig op 'n Wulk vör de Frachtaffardigung in'n Wiehnachtsheven. De Packengels möken »Dienst nach Vorschrift«, denn Petrus harr jem de Extraportschoon Manna för Överstunnen streken, vunwegen de himmlischen Spormaßnahmen. Dat harrn wi uns fröher mol truun schullen, grummel he. Dor harr de Chef uns aber de Hammelbeen langtrocken! Un överhaupt »Manna« — 'n Stück dröges Knäckebroot weer för jem dat Höögste west! Un all weern se glücklich un tofreen, denn dat Lüchten in de blanken Kinnerogen weer doch de schöönste Lohn ... Hüüt lüchten blots noch de Roboterdioden, un de Gören holln siene Rut för'n Joystock —.

Een Computer nah den annern wurr op den Sleden packt, dorto Computerspelen, Handys un all düsse technische Tühnkram, vun den he blots wüss, datt de Gören dor so jieperig op weern. Man grod mol een Schunkelpeer; un dat full jümmers wedder rünner, weer woll eenfach to sparrig.

He keek op sien Klock — wedder allens op 'n lesten Drücker! As wenn se nich bitieden 'n poor Studenten-Engel op Sösshunnertteihn Ambrosia-Basis — aber nee!

He stunn op un keek in den Lagerkeller — keen Packdüvel mehr to sehn! Un ut den Faxapparot kringeln sick noch meterwies de Bestellungen! Dat Loppband stunn still un de Pakete hoog bit an de Deek ... Wat he woll sülvst mol fix dat een oder annere — man denn kreeg he Bammel, he kunn mit sienen langen Boort twüschen de Quietschrullen kamen ... un de Unfallgenossenschaft bruk denn bestimmt keen Penn dortobetohlen ... Nee, lever nich. Man blangenbi, ut dat Heven-Casino dröhn so'n fetzigen Rap ut de Finsters: »Leise raleise re- leise rieselt der Schnee, und echt cool und echt starr und echt still ruht der See ...«

He driedel wedder röber to sien'n Sleden. Veel to vull, as jümmers! Un he kunn sehn, wo he bi'n Küvenbruch an'n Hilligobend 'n Afsleppdeenst in de Wulken funn! He keek nochmal deepdenkern op den Barg vun Präsente un harr miteens dat gediegene Geföhl, he harr noch wat vergeten ...

Man denn ratsch he sien Tietkoort dörch de Kuntrullschien, gnurr wat vun »Schietgleitzeit!«, klemm Rudolf den Fortenschriever ünnern Steert un kladder pustig op sienen Kutschbock; he knall mit de Pietsch, un Rudolf zuckel loos.

Datt achter em ’n lütten Botenengel mit ’n Breef wenk, kreeg de Wiehnachtsmann nich mehr mit. Un de Breef wanner in de Aflaag för neegst Johr.

In den Breef harrn wi lesen kunnt: »Die Geburt eines gesunden Jungen zeigen hocherfreut an:

MARIA UND JOSEPH.

Wiehnachtsmann seggt »Nee!«

(Kääsblatt querbeet)

Hamborg, den 20. Dezember
För bösen Trabbl hett güstern de Ankünnigung sorgt, datt de Wiehnachtsmann nu de Nees vull hett. Al in de lesten Johren keem ut Quellen, de normalerwies goot Bescheed wüssen, jümmers wedder de Henwies op de suur Snuut, de Knecht Ruprecht bi sienen Job trecken dee. Sünnerlich Kinner kregen dat mit de Angst, wenn de Olle so gnadderig weer. Mennigmol keem dat sogor so wied, datt de Öllern sülvst de Geschenke ut den Büdel grabbeln müssen.

Op Fragen gnurr he jümmers, datt he man ok blots 'n Wiehnachtsmann weer, un hexen un blaufarven kunn he ok nich, un wat dat woll 'n Vergnögen weer, mit siene Plattfööt rümtolatschen as 'n Walroß?

Op jeden Fall stunn he hüüt mit 'n grotes Pappschild üm'n Hals vör't Rathuus, un de Lüüd lesen benaut: »STREIK!« Rippel un röhr sick nich, de olle Knacker, haal sick blots all neeslang 'ne Currywuss vun de Bood un grien sick een: »Ick heff Tiet!«

PS: As wi jüst mitkregen hebbt, hett sick nu rutstellt, datt he nich de eenzige Wiehnachtsmann is;

an'n fröhen Obend lepen al mehr als fievhunnert Wiehnachtsmänner dörch Hamborg, un all wiesen se wütig op jem ehre »STREIK!«-Plakote!

Kiel, den 21. Dezember
De Ostseehalle weer rammelvull mit Wiehnachtsmänner! Ut den ganzen Norden weern so tohoopkamen — 'n poor vun jem sogor vun noch wieder her, mit Rudolf, ehrn Eskimohirsch.

Soveel as wi hört hebbt, güng dat dor üm Arbeitstieden un Proviantfragen. Sünnerlich de Proviant harr jem in Brass brocht. »Blots Marzipan un söte Saken — dor kriggst keen Mumm vun in de Knaken!« weern se an't Bölken. Un dortwüschen repen annere: »In'n poor Stunnen schüllt wi scheesen as beknackt — un bringen, wat de in'n Heven dat ganze Johr lang packt!«

Kott vör Fierobend keemen noch 'n Barg Faxe rin ut alle Welt, denn ok Santa Claus, Papa Noel, Jultomte un wo se all heet sünd nu mit vun de Partie, un wi fragt uns Lesers: MÜSS DAT EERST SOWIET KAMEN?

Kummentar (Senta Schese-Meyer-Dingstedt)

»Datt lütte Kinner johrhunnertelang glövt hebbt, dat gifft blots eenen Wiehnachtsmann, mag jo noch hengahn; man datt münnige Börgers sick nu wunnert, datt mehr as eenen Wiehnachtsmann rümlöppt, is wedder mol typisch för uns Tiet!

'n ganz Johr lang gaht wi mit toe Ogen dörch de Welt, un wenn dat Mallör denn dor is, heet dat jümmers: 'neem sünd de Politikers?

Gottlov hebbt tominnst de Fruun wedder un wedder mit so'n drömeliges Wunschdenken oprüümt, indem datt se ehre Ehemänner all neeslang ›Du Wiehnachtsmann mit 'n slappen Büdel!‹ schimpt hebbt, un dor denn jo de Eenmoligkeit vun den Wiehnachtsmann tominnst mit in Fraag stellen deen.

Un wenn nu de ach so düchtigen Wiehnachtsmänner den Sack hensmiet — hett sick ok blots een vun jem mol schert üm de Wiehnachtsfruu —? De gedüllig un bescheden ehrn Gatten siene Schietpantinen op Hoogglanz gniedelt hebbt, sienen utfrangschten Boort egolweg nieg knütten müssen un jümmers 'n Reserve-Rood praat harrn?

Neeneenee, verehrlichte Santas, Knechte un Papas — nu mol halvlang!

Dat beten U-P-S-Speelen ward Ji jo woll noch henkriegen, un wenn nich — de Oosterhaas tövt al un makt dat för'n halven Pries!«

Berlin, den 22. Dezember

De Parteien hebbt wegen de bedrohliche Situatschoon op den Wiehnachtsmarkt op'n Stutz 'n Sünnerparteidag inropen. Hier de eersten Reakschonen:

CDU — De Generalsekretärin betoon, se weer man deep bedrippelt — in anner Wöör: tief betroffen — vun düsse Entwicklung in 'n Tiet, wo wi uns doch all in christliche Sorg üm unsen Neegsten mit Hart un Seel op de Grundwerte vun uns minschliche Existenz, wat jo al jümmers de vörnehmste Opgaav weer vun de CDU!

SPD — Den Vörsittenden is dat 'n binnerstes Anliggen, sick tovörderst mol vull un ganz solidarisch to deklareen mit all de Wiehnachtsmänner, wo ümmer se ok ehre swore un verantwortungsvulle Opgaav — wenn ok: Nich vergeten warrn dröfft an düsse Steed, datt ok de Arbeitgever, also de leeve Gott — un dat see he hier mit besünnern Nahdruck! — datt ok de alltiets 'n open Ohr finnen wurr bi em för siene Intressen, denn de SPD is de Partei för soziale Gerechtigkeit nah alle Sieden, un dat nich blots to Wiehnachten!

DE GRÖNEN — De Pressesprekerin hett — nah Afstimmung mit de fievhunnerttweeunveertig Vörsittenden vun de Landesfruunskringen dor op henwiest, datt se al in de lesten teihn Johren mehr als twölfdusend Petitschonen inbrocht harrn, in de se de ut ökologische Sicht afsluut verantwortungslose Produkschoon vun Wiehnachtsmannboorten ut Kunsthoor as een vun de sworsten Ümweltsünnen anprangern deen. Se wies ok op den jümmers wedder formuleerten Vörslag hen, de Quotenregelung ok ennelk op dütt sensibel Rebeet to öberdregen, denn Wiehnachtsfruun brukt gor nich eerst 'n Boort — ok nich, wenn se gröön sünd!

FDP — De kumplette Parteispitz hett sick op den Sünnerparteidag as Wiehnachtsmänner geoutet! Se hebbt twars dat Inkamen ut düssen Saisonjob för dütt Johr freewillig spennt, man de Bund vun de Stüürbetohlers un ok dat Finanzamt — de ’n beten wat later — hebbt ’n strenge Inspekschoon ankünnigt. Dornah hett dat keene dree Stunnen duurt, dor harrn in ganz Düütschland mehr as twintigdusend Direkters un Vörsittende in »Selbstanzeige« ehrn Baantjs as Knecht Ruprecht togeven un sünd furts rutflagen ut ehre Positschonen.

PDS — Keen Sünnerparteidag, denn dat Faxgerät för de Inladungen is kaputt, un de Wiehnachtsmann schull dat niege eerst Hilligobend bringen.

Washington, den 23. Dezember
De Präsident hett in sien Spietsch vör de Vereenten Natschonen de Wiehnachtsmänner in alle Welt opropen, den Blick öber natschonale Intressen weg in de Tokunft to richten, un sick as Exempel dat amerikaansche Büssiness antokieken, dat mit Kraft un Sülvstvertruun egolweg nah baben, un wenn ok de eene oder annere Wiehnachtsmann villicht al ’n beten wat tatterig weer, denn eben mit ’n düchtige Praktikantin, de ok mol mit topacken kann, wenn’t op ankümmt!

Himmelpforten, den 24. Dezember
De Breefsammelstell för Post an den Wiehnachtsmann hett hüüt »’n wunnerschönes Bild kregen, mit ’n allmächtigen Lehnstohl op; dat Bild keem vun Sebastian K. (4), un he harr dat ganz alleen un sülvst malt för den Wiehnachtsmann. Dorbi leeg ok noch ’n Breef, man den hett he nich sülvst

schreven; he hett em sienen Broder Jan (8) dikteert, un dor stunn in:

Lieber Weihnachtsmann!

Mein Pappa sacht du streix nu. Das fint ich prima, denn du bist ja schon zimlich alt. Und deshalb hap ich dir ein schönen begwemen Sessel gemalen wo du dich nu immer auf ausrun kanns. Die Geschenke kann mir ja mein Pappa mitbringen. Der holt sie sowiso immer für Jan. Sacht Jan.

Frohe Weihnachten dein Sebastian

(Anmerkung: Wi hebbt faststellt, datt den Sebastian sien Breef middewiel in't Internet wannert is (www.weihnachtsmann.de). Bi Redakschoonssluss stunn fast, datt de Streik afblaast weer. Wokeen em afblaast hett, is noch nich rut, man dor ward munkelt, datt de leeve Gott de Hohmpäitsch leest hett un heel grandessig worrn is. Mehr Informatschonen dorto gifft dat hüüt obend in de Karken.)

Freden

Ja … naja … tjä, so is dat … achja …

Also nich datt du nu denkst, ick heff een an de Birne, neenee, is eben blots wegen den Freden, also de freedvulle Tiet, de jo nu wedder kamen is, un ick versök nu, to düsse Roh, to düssen … düssen deepen innern Freden to finnen, den ick jo egentlich al siet vörgüstern, den eersten Advent, so recht vun Harten … denn an mi schall dat nich liggen, an mi nich!

So as elkeen Johr hebbt wi ok an düssen eersten Advent wedder uns Seeligkeitsverkünners vun'n Böön halt, all de putzigen lütten Engel, de Ida jümmers op den Disch bi dat Sofa opstellt, op düsse »Himmelsleiter« ut dat Erzgebirge — över de Pummelengel heff ick jo al mol vertellt — un denn jo ok noch de wunnerbore Orgel, so'n Speeldoos, de klimpert so fein »Stille Nacht, heilige Nacht«, ok ut dat Erzgebirge, echt original, un is denn sowat vun stimmungsvull, wenn dat eerste Adventslicht brennt, un buten ward dat schummerig, dorto Koffie un Spekulatius — jo, un denn de Speeldoos mit »Stihille Naacht … hei-lige Naacht …«, vör allen, wenn se dat al 'n poormol dudelt hett; denn is dat so richtig mit Geföhl, so langsom … To'n Anfang leider jümmers 'n beten hektisch, sünnerlich wenn du dat Ding to stramm opnudelt hest: »Stinnachheinach, alschläfeinwach …«.

Kiek, un düssen Advent harr ick vergeten, datt ick verleden Sylvester, wo Ida jo noch gräsig schimpt hett vunwegen Banause un so, wo ick doch blots so as Diedschäi … also wull ick as so'n Diskjockey so'ne Art Skrätsching maken, weetst doch, wo de jümmers op de Platten rümkratzt, nich, un heff dütthalven de Rückwand vun de Stillenacht-Orgel ut dat Erzgebirge, mit Garantie — heff ick de denn afschruuvt un över de Stimmtungen ratscht, echt in'n Takt; man dat geiht jo blots, wenn du dat Klockwark mit vull Spiehd, un heff ick dat denn woll 'n beten överdreiht, un Ida hett di bölkt, obschoons ick dat Mallör denn mit Rap-Gesang, also kolossol witzig un gor nich eenfach, wenn du »Stille Nacht …« so fetzig op Rap — na, egol … heff ick also vergeten, datt dat Ding kaputt un weer denn insofern keen glücklichen Start in düsse freedvulle Vörwiehnachtstiet …

Man güstern heff ick in mien Schapp so'n olle Kinnerspeeldoos funnen, un nu is allens wedder rodscher, ok wenn de mit »Put another nickel in …« nich so heel wiehnachtlich — also mutt ick för Ida denn noch 'n niegen Text för finnen…

Speelpläseer

Also dat is 'n reinen Tofall, datt ick hier hüüt noch snacken kann. Un dat allens wegen de poor Penn! Man ick harr jo al vörher dütt snaaksche Geföhl, as se all inne Gang weer mit »Man to! Maakt doch soveel Jux! Un wi hebbt dor doch all so 'n Gusto op! Un sünd doch blots 'n poor Penn!« Un denn keem dor jo noch de Wiehnachtsseligkeit dorto. »Nee« magst denn nich seggen, wo wi doch ennelk mol all tohoop weern — rodscher, heff ick seggt, man dat Limit warr ick bestimmen!

Tweeten Wiehnachtsdag. Göösbraten, Buddel Rootwien, de Familie sitt üm 'n groten Disch, tofreen un häppieh. Wat nu? Wüllt wi nich wat speelen? Wunnerbor — man de Speelen, de wi hebbt, sünd blots för söss Lüüd inricht, un wi sünd söben. Roulette, seggt mien Öllsten, dat hebbt wi lang nich speelt!

Na, ick weet nich … wo wi uns doch al bi Monopoly in de Hoor kriegt … un bi dat leste Canastaspeelen kregen wi uns so bi de Plünnen, datt wi 'n Veddeljohr nich — un nu Roulette? Also goot — man blots üm Penn! Se deen all nickköppen. Mien Öllsten grien. He stell allens op 'n Disch. Ick heff denn mien Penndoos holt. Eenfache Schangsen, also root, swatt un so wieder bit to teihn Penn, Dutzend un Kolonne fiev Penn, de annern bit twee Penn un op de enkelten Tallen blots een Penn — dat is dat Limit, un ick bün de Bank! Se deen wedder nickköppen, un mien Öllsten grien jümmers noch. Sien Broder nu ok. Ida dee sick fiev Mark vun mi pumpen, un Anna wull Groschen inwesseln — se harr sick wat vörnahmen. ’n halv Stünn lang müss ick Geld wesseln, dor wurr ick al bannig hippelig bi.

Denn füng dat Speel an. Ick will di seggen — sowat vun Zocken heff ick noch nich beleevt! In teihn Sekunnen hebbt se dat Speelfeld vullpackt. Sünnerlich de Foffteihn harr jem dat andoon. Kunnst gor keene Tallen mehr sehen, blots noch Penn. All sabbeln se dörchnanner vun Pleng, Schwall, Carreh un Tranversale Pleng, Siehro, Mank un wat weet ick. Fiev Mol heff ick schreet: Riengnewaplüh! Un denn noch: Stop! Alle! Nicks mehr!

Denn kuller de witte Kugel in de Foffteihn. De Börse nah ’n Bankenkrach is dor ’n Sanatorium gegen. Uns Katt is glieks utbückelt, denn de Instinkt seggt ehr woll al vörher, wannehr de Eer anfangt to bevern. Söss Lüüd kregen sick in de Wull, jedeneen harr wat op oder üm de Foffteihn rüm sett; ick müss mi öber mien ’n Pennkasten smieten, man mit Penn weer dor nicks mehr to maken, dor müss ick al in mien Breeftasch griepen — sogor ’n Daschenrekner heff ick brukt. Mann, wat bün ick froh, datt ick keen Croupier worrn bün!

Söss Runnen hebbt wi speelt, un dor heff ick mien Familie ennelk richtig kennenlehrt. Un för sowat racker ick mi nu af! Sogor de sanfte Susi harr 'n Glimmern in de Ogen — dor kunn se glatt 'n Dschob in de Geisterbohn mit kriegen!

In de leste Runn heff ick dat Limit duppelt so hoog ansett, wiel datt ick mien Manko wedder utglieken wull. De Spannung weer echt nich mehr uttoholln, as de Kugel loossuus, op de Tallen leeg meist 'n Zentner Penn un Groschen. Un dor — stell di vör: Dor plopp dat Ding in de gröne Null — Zero!!

Op Siehro harr keeneen sett, allens weer mien! Ick jump hoog in mien hektische Freid, stött tegen dat Roulette, dat noch an 't Lopen weer, de Kugel jump een Huus wieder un rin in de Tweeundörtig!

Mien Mudder will mi nu entarven, Ida sick scheden laten, de Jungs utwannern, un Anna kookt mi keene Klüten mit Backoovst mehr.

Na, dat Johr fangt goot an.

Gah mi af mit Präsente …

Nee, dor kannst du seggen, wat du wullt — de moderne Tiet hett doch ok wat Godes för sick! To'n Bispill müss ick annerlest 'n Präsent köpen för 'n Geburtsdag, un fröher — dat weet ick noch heel dütlich — fröher geev dat jümmers veel Arger mit de Gruvelee, wat Tant Anna, Unkel Willi oder jichtenseen woll so bruken kunn. Süh, un mit düssen Trabbel is dat nu vörbi! Vörher sinneern, gruveln un nahdenken — allens nich mehr nödig.

Denn hüüt gifft dat 'n niege Art vun Ladens, de nehmt di nich blots de Piepen af, nee, ok dat Denken — tominnst dat Denken vörher. Jo, klor — »Geschenkartikel«, sowat geev dat ok al fröher, man de neemoodschen Dütt-un-Datt-Heven, de kannst dor gor nich mit verglieken. In de goode, olle Tiet geev dat ünner de Geschenkartikel jo blots mehrsdeels Saken, de du enerwegens för bruken kunnst — nu gifft dat vör allen Saken, de du köpen kannst; för wat de to bruken sünd, dor mußt du denn achteran düchtig över spekuleern —.

Mol seggen, so 'n Kasten an de Wand, mit lütte Borden binnen — fröher deen de Drucker sowat als »Setzkasten« bruken, glööv ick — dor kannst du denn allens mööglich rinstellen: 'n lütten

Mörser, Tinnsuldaten, 'n utrangscheerten Lippenstift un wat weet ick noch allens. Goot. Man wat hett dat för 'n Sinn, wat? Gor keen. Is eben chick. Sowat hett 'n hüüt eben.

Nee, mol eernsthaftig: In düsse Ladens geihst du nich, wenn du wat köpen wullt, dor geihst du rin, wenn du nich weetst, wat du köpen schallst. Un de dat Geschenk later kriggt, weet denn nich, wat he dor mit anfangen schall — de eenzige, de hier wat weet, is de Ladeninhaber: He weet, worüm he dat verköpen will. Wat he ganz clever rutkregen hett, un wat sick nu grootartig »vermarkten« lett, dat is de »Kommunikationslücke«, as dat so schöön heet — op platt: Wenn de een nich weet, wat de anner bruken kann, un de anner nich weet, datt de een dat nich weet — denn is twüschen den een un den annern 'n deepe Kuul, un in de Kuul luuert de Krimskraamsmakker un töövt, datt se rinfallt — in de Kuul un op em.

Wenn ick in so 'n öberkandidelten Laden, Bazaar oder Shop stah un mi all düssen Tinneff ankiek, denn heff ick dat Geföhl, ick biet in Zuckerwatt: Denkst, du hest 'n muulvoll to sluken, un allens wat di blifft, is reinweg nicks — mit lütt beten söten Smack. Seker — öber den söten Smack kannst di frein, man verlohnt sick dat bi düssen Opwand?

Wenn wi all so veel hebbt, datt wi nich mehr weet, wat wi köpen schüllt, wenn wi also den düchtigen Macker dorför betohlt, datt he uns dat

Denken afnimmt — also ick finn dat bannig leeg, sowat.

Mi dücht öberhaupt, dat is hüüt so Usus worrn, datt 'n to 'n Besök afsluut 'n originelles Präsent ansleppen mutt ... Mann in de Tünn — wenn ick Besök krigg, denn frei ick mi op den Minschen un nich op jichtens een Tühnkraam ... den ick sowieso nich bruken kann ... Wenn dat man noch Böker weern, jo denn ... de kannst to Noot wedder tuuschen, wenn du de al hest —. Oder Nougat un Krokant, dat smeckt mi reinweg jümmers ... oder wenn 't gor nich anners geiht, 'n Buddel Whisky ... man bitte nich een vun de hunnert Sorten, de ick al heff — as ick al seggt heff: Wi mööt ennelk wedder mehr mitnanner snacken, mehr opnanner ingahn ...

Also wenn du mi neegstmol besöken deist, denn vergitt op keenen Fall mi to frogen, welken Whisky — ick meen, de Hauptsaak is doch, datt wi Minschen mitnanner snacken doot, meenst nich ok?

Oldjohrsobend

Oldjohrsobend is en Saak, dor kümmt een nich üm rüm.

Een mag dat woll versöken, man wenn dat denn heet »Noch dreißig Sekunden — noch zehn — noch fünf — vier — drei — zwei eins —« — denn is dat doch wedder so wiet: Een markt, datt düsse Ogenblick wat Besünners is. Ok wenn du di vörnahmen hest, den Tüdelkraam düttmal nich mittomaken.

Üm datt nu düsse fierliche Ogenblick op de richtige Art beleevt warrn kann, hebbt de Lüüd vörher 'n Barg to beschicken.

De Drogist vun de anner Siet to 'n Bispill, de fang dormit al meedags an 'n Hilligen Obend an. Denn rüümt he sien Finster ut. All de Glitterkram för Wiehnachten ward wedder inpackt, ehr datt dat Fest anfungen hett.

Johr för Johr arger ick mi dor öber. Un ick heff em mol fragt, wat he nich töven kunn bit nah Wiehnachten?

Nee, kunn he nich, sä he, de Lüüd deen al op de »Scherzartikel« luern!

So fangt he an, sien Finster vulltopacken mit den afsünnerlichsten Ramsch. Dat schall een sick köpen, wenn he Sylvester so richtig fidel sien will — so steiht dat tominnst dor opschreven. Toerst leggt he 'n groten, gräsigen Dutt in de Mitt, so een vun 'n Bernhardiner an opwarts. Den kann een meist dörch de Schiev rüüken. He lacht un seggt: Ward goot verköfft! An de een Siet bummeln nu de Tähnen vun Dracula, op de anner Siet 'n lange Nees un 'n kaputten Finger mit veel Bloot dor an. Achter den Dutt kummt 'n Glas Wien mit wat binnen, wat gor keen Wien ist, hahaha, dat süht blots so ut! Juckpulver, Niespulver, 'n Stück Zucker, dat swemmen kann, 'n Berliner Pannkoken ut Schaumstoff, 'n Lepel, de sick bi't Umröhren oplösen deit — so geiht dat ümmer wieder. Un mi dücht bi lütten, dat is en swore Plackeree, wenn een den ganzen Obend bit Klock twölf lustig sien will —.

Ok de Bäckers hebbt twüschen Wiehnachten un Neejohr all Hannen vull to doon. Se makt Appelkoken op Düvel kumm rut. Pannkoken mit Appel, mit Ananas un ok Pannkoken mit Senf. Dat is wedder vunwegen de Vergnöglichkeit. 'keen eenmol in so'n söten Pannkoken mit Senf beeten hett, de weet, wat dat för 'n Hallo gifft, wenn Grotmudder speit as dull.

Man so recht in de Gang kummt dat allens jo erst Altjohrsobendmorgen.

Hauaha — nu geiht 't los!

Bi 'n Fischhöker staht de Lüüd bit op de Straat rut, un binnen hebbt de Verköperschen lustige Mützen op un se makt Witzen un lacht un juucht un röppt »Goden Rutsch!«, un de Karpen spattelt un ward afmurkst as nicks.

Nebenan, in den »Salon der Dame« is ok fix wat los. Een optakelte Fregatte nah de annere seilt mit 'n hochroden Kopp ut de Dör. Un ick weet nich, wat de rode Kopp nu vun de Luft dor binnen oder vun de Priesen kummt —. Hannes tohuus ward sick wunnern öber sien niege Nofretete ... So geiht de Vörmeddag hen, de Minschen jachtert sick de Tung ut 'n Hals, de Geschäften makt dicht un dat ward al schummerig.

Buten vör de Döör ballert de Gören mit Pipmantjes, bi Webers ballert dat miteens in 'n Breefkasten. Düsse infamigten Bengels!

De ersten Sylvesterparty-Gäste hebbt sick ob den Weg makt, mit Blomen, Buddels un grote Tüten, ut de rode Sticken vun Raketen kiekt, Stück veer Mark un föfftig. Un Hannes, de Düvelskirl, hett sick wohrhaftig 'n niegen swatten Botterlekker för sienen goden Antog köfft, man dat dröff Gesche noch nicht weten! Ward de sick wunnern ...

Wat mien Familie un mi angeiht, so blievt wi düttmol to Huus. Wi makt uns dat fein kommodig. De tweehunnert Lüüd, de uns hüüt obend besökt, de stört uns nich.

Woso dat —?

Achso — dat hangt mit das P S I tosamen, mit de Psychokinese, verstaht Se? Dor sünd se jo nu in 't Fernsehen mit togang, un wi hebbt dat sülven hört, wo op dat Tonband Stimmen weern, un de

Minsch in de Sendung hett seggt, dat sünd de Doden, de mit uns snacken wüllt.

Dor heff ick to mien Fruu seggt, wenn dat so is, denn so laadt wi eben mol tweehunnert Stück in to Silvester!

Ick heff de Inladung denn nett un maneerlich op Tonband spraken, un nu sitt wi hier in uns gode Stuuv un fiert.

Wenn wi opstaht, passt wi op, datt wi keen vun uns Frünnen op de Fööt pedden doot, denn dat sünd allens feine ruhige Mackers. De eet nicks, drinkt nicks, seggt nich veel — un wenn, denn blots op Band.

Un so kiek ick denn nah Kaiser Wilhelm röber, de op de Finsterbank sitt, un segg »Prost Neejohr, altohoop!«

Fideles Neejohr

So, wüllt wi mol kieken … wat weer dat noch glieks … ah, jo — twee-twee-null-söben un … so … so-un … so! Denn wüllt wi mol …

Jo? Hallo? Kurt? Hehe, jo, hier is Hermann … jo, Dag ok, geiht't goot? Dat is jo … jo, uns ok … klor, Wiehnachten so as jümmers, jojo … du, Kurt, worüm ick anroop — segg mol, äh, wat makt ji egentlich Sylvester, wat? Wi harrn uns dacht, datt wi … Bitte? Äh … ahso … jo, verstah ick … neenee; wi dachen blots, datt wi mit 'n poor gode Frünnen … aber wenn ji al … neenee, makt nicks, afsluut nich, also denn grööt man schön … allens klor … dor nich för … jo, villicht 'n annermol … goden Rutsch, bit denn … tschüs …

Tjä, so kann di dat gahn to Neejohr —. Wullt 'n poor Frünnen inladen, to 'ne fidele Sylvesterparty, man de hebbt al wat arrangscheert, al lang vörher, ohn di … Wat schallst dor maken?

Man du hest jo noch mehr gode … dat weer doch albern — ah, jo, Willi un Hanne, de hest du al lang nich mehr … glieks mol versöken … söss-dree-veer-söben … un denn noch … so … so — hm … dat schall mi … Jo? Hehe, Minsch, Willi — wo geiht't? Hier is — aha, hest mi furts an de

Stimm … un Hanne? Dat is schön … jo, uns ok … danke, danke … jo, echt — hebbt uns lang nich … un du, dat is ok de Grund, worüm ick — du, wüllt ji twee nich Sylvester to uns … ’n lütten Kring … fidele — oh … aha … , ji sünd al inlaadt … achso, bi Kurt … aha … tjä, dor kannst nicks bi … neenee … hehe … weer jo man blots ’n Fraag … Wi? Och, wi ward al seker … klor … jo, di ok … goden Rutsch … un schöne Gröten — tschüs denn, jo …

Gediegen, nich? Süht so ut, as harrn se all wat anners in’n Sinn … blots nicks mit di … naja …

Na, mientwegen. De nich will, de hett al. Un so köffst du di Korten för den groten Sylvester-Ball, mit Nobelmampf un alle Schikanen, heel düür — so is dat jo nu nich, datt du op de annern anwiest büst!

Un annerndags roopt di teihn Lüüd an un wüllt di inladen to ’ne feine Sylvesterparty, wiel datt se di al so lang nich mehr … un du seggst: Oh, danke, dat is jo nett, man leider hebbt wi al wat vör … jo, schaad, nich …

Un de annern denkt: Kiek an — mit uns hett he woll nicks mehr in’n Sinn …

Sylvester is lustig, nich?

Blinkfüür

Du, richtig wunnert heff ick mi, wenn ick so de lesten Daag mol dörch de Straten lopen bün, denn ick kunn eenfach nich rutfinnen, wat sick nu egentlich verännert hett; blots datt mi allens so duster vörkeem, so truurig un so eentönig ... Man ick dach, dat liggt an de Johrstiet, an dat Weder, eben an den Januoor, dor is dat nu mol nich anners. Man liekers ... enerwegens kunn ick dat nich so recht glöven.

Bit güstern. Dor is mi 'n Licht opgahn. Nee, egentlich utgahn; in dat Finster vun de Kroog an de Eck. Dor hebbt se jüst de Wiehnachtslüchten rutnahmen — beten laat, man beter as in'n Sommer. Kiek, un dor heff ick markt, wat mi so fehlt nu: All de wunnerboren, posseerlichen, nüdlichen, buntklörigen Wiehnachtslüchten, de in de lesten Weken ut veele Wahnungen — ut Wahnungen, nich ut Ladens, dor is dat jo blots Büssiness un hett mit Geföhl nicks to doon! — ut veele Wahnungsfinsters hebbt se lücht, strahlt, glittert un flackert, de elektrischen Verkünner vun de frohe Botschaft! Nich mehr vunwegen poor Lüchten op den Dannenboom vör de Döör — denn wokeen hett al 'n Dannenboom vör sien Döör — nee, jedeneen hett dat sülvige Recht op den flackernden Wahnsinn! Vun stilvulle Glöhbeern-Pyramiden bit to putzige Wiehnachtsmänner, de glöht as ’n Furunkel, finnt sick allens, wo sick ’n maladigen Brägen an delekteern kann. Seht echt nah wat ut, düsse buntklörigen Scheetboden, blots nich nah Wiehnachten, un in mennigeen Finster glittert dat, as bruus dor ’n Füürbrunst dörch de Kamer, man de peest woll mehr dörch de Köpp, de sick sowat von morgens bi obends freewillig ankiekt.

Weetst du, wenn een op Kitsch steiht, denn is dat sien Saak alleen, dat geiht nüms wat an; man wenn he den Schiet ok noch stolt nah buten lüchten lett, denn mutt he sick ok gefallen laten, datt annere Lüüd sick slapplacht öber em un siene brägenklöterige Wiehnachtsseligkeit.

Un wurr ick dat jo grootartig finnen, wenn düsse Glimmerkräcks nich blots ehre Finster lüchten laat, nee, ok sick sülvst in de Wiehnachtstiet … also öberall so lütte Funkellüchten, vun boben bit ünnen, vun achtern bit vörn, de denn egolweg blinkt un glittert, obschoonst de Sekerung in’n Kopp al lang rutflagen is …

Weitere Bücher von

Hermann Bärthel

Er nu wieder ...

Strohwitwers

Witte Wiehnacht

Platt för Plietsche

Nich to glöven!

Meschugge Tieden

Hermann Bärthel vertellt

Fix wat los!

und als Geschenkausgabe

De besten Geschichten

aus vergriffenen Büchern

Ein Standardwerk
der zeitgenössischen
plattdeutschen Literatur

Dat groote plattdüütsche Leesbook

Herausgegeben von
Hartmut Cyriacks
und
Peter Nissen

Plattdeutsche Literatur in ihrer
vielfältigsten Form.
Eine umfassende Sammlung von
Geschichten, Erzählungen und
Gedichten der namhaftesten
Autorinnen und Autoren
spiegeln die Bandbreite der
zeitgenössischen plattdeutschen
Literatur wider.